心平气和

戴珩 著

南京师范大学出版社
NANJING NORMAL UNIVERSITY PRESS

目录

第二辑

第三辑

第四辑

第一辑

不要抱有幻想

1

不要幻想有人会突然对你好，不要幻想命运会突然眷顾你，不要幻想买一张彩票一下子就中了头奖，不要幻想天上掉的馅饼一下子就落在你的手中。

世上可能会有意外的好事，你也可能会碰上这样的好事，但不能整天想着遇到这样的好事。特别是，你不能把希望完全寄托在幻想上。对他人抱有幻想，对世界抱有幻想，最终，只会害了自己。

不抱幻想，目的是为了面对现实。直面现实，正视人生，我们就会有战胜一切艰难、走出一切困境的勇气。

2

不抱幻想，不要对世界和他人抱有太高的期许。别臆想社会一定会对你怎样，他人一定会对你怎样。你的设想越好，期望值越高，你也就越容易失望和痛苦，因为生活不可能百分之百地兑现你的期待和设想。但是，不抱幻想，不抱过高的期许，并不意味着对世界和他人不抱任何希望，而是把自己的期望值降到最低点。而当你把自己对世界和他人的期望值放到最低点的时候，你反倒有可能意外地发现这个世界的许多亮点，许多暖色，许多希望。因为悲观，你反倒容易变得乐观起来。

不争

这个世界上眼见得最多的是争，各种各样的争，权力之争，利益之争，荣誉之争。

相对于争，我所欣赏和推崇的则是不争。

不争是一种品格。人与人之间为什么一定要争呢？为什么一定要争得头破血流、你死我活呢？彼此不顾形象、舍命争抢的东西对人当真有那么重要么？如果你觉得所争之物对于你确实重要，那就干脆让给你好了。不争，是不争者对于争者的一种谦让，一种宽容，甚至是一种同情和怜悯。

不争是一种能力。一般人都会认为，只有敢于争和能够在争中取胜才是一种能力。其实不然。不争，特别是主动地放弃争，这才是一种超乎寻常的更大的能力。不争，并不代表其不能在争中取胜，而是其觉得这种争无聊、无趣、无价值、无意义。他放弃这种无聊、无趣、无价值、无意义的争，并非是因为他无所追求，而是因为他自信完全可以通过其他正当的渠道去获得自己真正想要得到的更大和更有价值的东西。

不争是一种境界。其实，这个世界上最有尊严和最受人尊敬的人，往往都与世无争，特别是不和身边的人陷于无聊、琐屑之争。他们境界高远，胸襟阔大，视一切为身外之物。他们更关注生命的本质，更注重活出生命的质量。就像兰德在诗中所说："我和谁都不争，和谁争我都不屑；我爱大自然，其次就是艺术；我双手烤着生命之火取暖；火萎了，我也准备走了。"由此可见，不争，不只是一种人生态度，更是一种极高的生命境界。

不纠结

不纠结，不要在心里跟自己过不去。这个世界上没有什么想不通的事。你是大树，就必然会被藤蔓纠缠；你是善人，也就免不了会被恶人欺负；你想清高，就别指望升官发财的事自动找上你；你不愿降低人格，也就别指望得到世俗中的种种好处。

大千世界，芸芸众生，各有各的活法。真正的人，总要活出尊严。不能看到别人争抢什么，就自己也去争抢。我们常常看到的景象是，趴在地上死命争斗、死命争抢的往往都是狗，而所争抢的东西也只不过是别人啃剩下的一两根肉骨头。

世俗中的有些东西得不到也罢，免得因此而失却了做人的尊严。

不抱希望

一个人之所以会失望，是因为原先抱有希望。原先抱有的希望越大，失望也就越大。

要避免失望，就不要对什么人什么事抱有希望。觉得自己能够做什么或者应该做什么，就认真努力去做。做了就做了，别希望一定会有谁支持有谁关注会有多么大的影响会出多么大的成绩会受到谁谁的赏识和褒奖会产生什么样连带的一长串好的结果。不抱这样的希望，你就不会有什么失望。就是事情没做成功甚至最后做砸了，你也会坦然接受。如果你做的过程中真的得到了谁的支持谁的关注，最后做成功了又真的得到了褒奖得到了荣誉得到了实惠，那时，你反而会有一种意外的惊喜。

不要轻信许诺

不要轻信别人，更不要轻信别人对自己的许诺。

许诺极不可靠。因为兑现许诺需要许诺者有极大的诚信、足够的能力和雄厚的实力做基础。而事实上，这个世界上根本没有多少人具备这样的资格。

真正具备许诺资格的人恰恰又并不去许诺什么，如果他们认为自己应该做什么，他们不会许诺别人到明天，而是会立刻去做。

因此，我们所听到的许诺，特别是那些信誓旦旦的许诺，其中绝大多数都是谎言。

不要追名逐利

真正聪明的人从来不追名逐利。

追名逐利者，始终是跟在名和利的后面。他就是把鞋子跑掉了，把身上的衣服也丢光了，累得气喘吁吁、大汗淋漓，名和利还是在他的前面，他还是无法追逐到名和利。

聪明的人往往不去看也不去想名和利，他只是平心静气，埋下头来，专心致志地去做自己想做、该做和所能做的事情。而当他把自己的事情做大、做好、做精、做到极致时，你会发现，他名也有了，利也有了。

所以，真正聪明的人不是忙着追名逐利，而是通过潜心做事，让名利自然地向他走来。

不堕落

一个人要堕落很容易。只要自己想堕落，随便都可以找到一个理由或借口，比如说，我们现在所处的就是一个堕落的时代，我们的身边随处可见堕落的事情和堕落的身影；再比如说，堕落未必就是一件很不好的事情，因为我们身边有许多这样的人，他们堕落着且快乐着、甚至堕落着且风光着、堕落着且骄傲着、堕落着且荣耀着……

但是，我们却应该告诫自己并始终坚守这样的底线，那就是：不堕落。即便整个世界都在堕落，我们也绝不堕落。因为我们深知，堕落最终对我们绝无好处，堕落的人只会跌进地狱，而不可能升入天堂。

因此，不管别人如何堕落，而我们，则应努力追求上升，让自己的精神高度不断上升，让自己的生命境界不断上升。

不急

不要急于求成。

任何事情的发展都需要时间，都有一个过程。急于求成，有时反而会适得其反，所谓欲速而不达。

就像果子，必然会有一个由小到大、由青涩到成熟的过程。当然，你也可以用化学的方法来催熟，但是，凡是催熟的果子，味道必然不好，而且，特别容易腐烂。

不要和愚蠢者打交道

如果不想让自己遇到不必要的麻烦，见到愚蠢者，一定要避开。

不要和愚蠢者打交道。

所有的愚蠢者都不会认为自己是愚蠢者，相反，他会认为自己是天底下最聪明的人。你不可能跟愚蠢者作任何正常的交流，更无法与之讨论和说清任何一个哪怕是最简单甚至是常识性的问题。因此，若是你和愚蠢者碰到了一起，其结果只能是，要么与之发生无聊的争执，要么就是强迫自己降低智力水平，变得和愚蠢者一样愚蠢。

不要与小人纠缠

只要你是君子，你就必然会遇到小人。

君子与小人差不多是相伴相生。君子当然不希望自己遇到小人，但小人却不可能不盯上君子。

对付小人的最好办法就是尽可能不与小人纠缠。对小人的挑衅、攻击、使绊、使坏，要尽可能一律不予理睬。君子是有自己人生的大目标的。要对付和回击小人的挑衅、攻击、使绊、使坏，就必然要消耗许多时间和精力，耽搁自己的行程。

不与小人纠缠，对小人的挑衅、攻击、使绊、使坏始终视而不见，渐渐地，小人就会自觉无趣，从而减少挑衅、攻击、使绊、使坏的兴致和频率，而君子，则会因为避免了与小人的纠缠，而在奔往自己人生大目标的途中走得更快。

别显摆

显摆的人肯定是自认为有些东西可显摆。因为觉得有东西可显摆，也值得显摆，也有资格显摆，就自觉不自觉地开始显摆起来。

事情往往是这样。开头显摆时，还是低调的，谨慎的，保守的，羞涩的，假装随意的。但显摆有一种惯性，一旦显摆开来，特别是在显摆之后，又得到了一些赞美、敬佩甚至是仰慕，自己就会控制不住自己，心和感觉禁不住就会膨胀开来，话就会越说越大，显摆就会越来越厉害，到最后，就会该显摆和不该显摆的东西都显摆出来，结果，露了怯，掉了自己的价，弄得所有人生厌和瞧不起。

一个人不可能一点不显摆，尤其是当一个人还不够老道、不够成熟的时候。但显摆一定要有度。最好是不要显摆。一来，你如果真有什么宝贝东西或有什么厉害的一招，你不显摆，别人也能感觉得到。二来，如果你自己真有什么宝贝东西或有什么厉害的一招，自己私藏和私享这一份感觉其实更好，完全不必大公无私地将此拿出来与他人分享。

创造回忆

每个人年轻时的闯荡、拼搏、奋斗甚至折腾以及碰壁、受伤都是有价值、有意义的。人都是要老的，每个人都终有一天要靠回忆度日。说白了，我们年轻时拼力所做的一切，某种程度上就是为了给自己的老年创造回忆。如果年轻时所做的事情对头，就是付出再大的代价也值得。

张学良活到了 101 岁。他在自己 36 岁那年发动了西安事变。在此后漫长的几十年中，他几乎没再有其他什么作为，但他却获得了高寿。原因就在于，他在年轻的时候，创造了足够让自己安慰、无悔和骄傲一生的回忆。

屁股不能坐在两张椅子上

谁都会有多吃多占的想法。譬如，自己的屁股底下已经坐了一张位置不错的椅子，可一看周围还有一张位置也很重要的椅子空着，心里就很想把另一张椅子的位置也占下。

有这样的想法和冲动不能算错，但你不能把你的想法和冲动真的变成行动。道理很简单，因为一个屁股是不好坐在两张椅子上的。一个屁股只能坐一张椅子。如果硬要占据两张椅子，结果，那屁股，甚至整个身体和灵魂，就会无形中被两张椅子撕裂。到头来，屁股下的两张椅了一张也坐不牢，甚至可能两张椅子会被他人同时强行撤走。

人生的轨迹

人生的轨迹注定是一个抛物线。再辉煌的人生也会有顶点，而抵达顶点之后，便是无可遏止地下落。

理想的人生并不是早早地一下子就抵达顶点，而是一直不断地持续地上升，在抵达顶点之后，依然能够保持在高位上运行，下落时，也不是急遽降到最低点，而是优美地缓缓地下滑。

人生两件事

人生有两件事是最重要的，一件事是不要辜负父母给予自己的生命，还有一件事就是不要辜负上苍赐予自己的一份才华。

生命来到这个世界上很不容易，生命属于自己又只有一次，因此，我们对自己的生命一定要倍加珍惜。在有限的时光里，我们要尽可能充分地享受生命，享受生命的所有痛苦和欢乐。

每个人都拥有上苍所赐予的一份独特的能力和才华。天生我材必有用。因此，我们要尽可能地发挥自己的能力和才华，多做对社会、对他人、对自己有益的事，不埋没自己，不浪费自己。

生命的旅行

忽然就悟透了，生命只是一次没有回头路的单程旅行。

人生最本质的姿势就是走。走过童年，走过少年，再走向青年、中年、老年……

既然是旅行，就该精神放松，胸襟放宽，而不要背载那些不必要的心理负担。

既然是旅行，就不要埋怨山高水长，脚下坎坷，路途遥迢；就不要诅咒风雨无情，尘土弥漫，雪酷霜严。

既然是旅行，就不要惧怕艰难，逃避险远，因为，乐趣常从艰难中产生，至美常在险远处出现。

既然是旅行，就不要老是盘算最终会得到什么。最终的收获往往并不重要，旅行的最大快乐其实就在于旅行的过程本身。

悟透了，你就会坦然、淡泊，你就会潇潇洒洒地完成这唯一的生命旅行。

生命周期

世间万事万物，都有自己的生命周期。

草木有枯荣，日月有盈亏，股市有涨跌，经济有兴衰。

人的生命也是如此，有高潮期，也有低潮期。处在高潮期时，要谨慎小心，不要得意忘形，麻痹大意。处于低潮期时，要心态平和，不要心灰意懒，一蹶不振，沮丧叹息。

黑夜到来时，是谁也无法抗拒的。但只要静心等待，你就会迎来更加新鲜、更加灿烂的黎明。

信息

在信息社会，信息对于一个人的生存和发展特别重要。

举凡成功人士大多是这样，首先张开耳目，接收海量信息，然后，对这些海量信息进行筛选，将有用的信息留存和积淀下来，变成自己的知识，再将知识转化成自己的能力，再将能力变成产品，最后将产品转化为效益。

接收海量信息是一个人成功的前提。堵塞了信息的来源或拒绝接受信息，一个人将不可能做出任何大的事情，获得大的成就和业绩。

永怀警觉

在这个云谲波诡、充满动荡、不宁和危险的世界上生活，是丝毫大意不得的。

大意即意味着麻痹、疏忽、放松警惕。而当你大意的时候，麻烦往往就会找上门来，错误和过失就会出现，危险和灾祸就会在突然之间降临到你的头上。

人生在世，需要永怀警觉。怀有警觉，你就不会麻痹大意，不会疏忽、疏漏，对危险的出现你就会保持敏感，就会采取一定的防范和自我保护措施，你就能避免很多麻烦以及错误和过失，甚至可以避开许多灾祸。

俗话说，水中淹死会水人。会水人会在水中淹死，其根本原因就是大意，就是没有保持应有的警觉。

箴言

心存善良。

认真地活着。

不伤害无辜。

不责怪所有勉力劳动而收获欠丰的人。

不羡慕高官和大款。

对世事保持平和之心。

不说激烈言辞。

不哗众取宠。

不放弃阅读、思考、写作。

不为难自己，也不为难他人。

智慧

活在这样一个世界上，不能没有智慧。

这个智慧就是要世事洞明，人情练达。要能看穿人生的各种暗道机关，看清花丛中的匕首、草坪下的陷阱、森林中的圈套、笑容背后的阴险。

只有有了足够的智慧，才能避免受到伤害，才能顺利和平安地度过一生。

要让好人活得更好

整个世界其实负有这样一个重要责任，就是要推崇好人，珍惜好人，关心好人，爱护好人，要让好人能够得到好报，让好人在生活中能够活得更好。

道理很简单，这个世界只有让好人活得更好，大家才能都想着和努力着去做好人。如果好人总是吃亏，总是倒霉，总是活得磕磕绊绊、灰头土脸、可怜兮兮、窝窝囊囊甚至悲惨、凄凉，相反坏人倒活得顺风顺水、趾高气昂、八面风光，那就会谁也不愿意去做好人。那就只能听任坏人吆五喝六，为所欲为，横行无忌，行凶作恶。

什么是不能舍弃的

生命中有许多东西可以舍弃。能够舍弃的东西，都是生命中的赘物。

生命中有些东西是不能舍弃的。这些东西和你的生命紧密关联，甚至就是你生命的重要组成部分。没有了它们，你的生命就会不完整，就会出现残缺，就会生出各种各样的毛病，你就会沮丧，痛苦，迷茫，郁闷，焦躁，绝望，丧失所有的欢乐和幸福。

生命中最不能舍弃的就是真爱。它是我们情感和心灵的命脉。没有了真爱，所有的生活立刻就会变得黯然无光，而生命本身立刻就会变得形同枯槁，毫无价值，毫无意义。

生活不会按你设定的程序运行

生活有其自身的逻辑和规律。生活看似温和，默不作声，但事实上，生活是强势的，骨子里，生活极其冷漠、冷酷，甚至极其残忍和蛮不讲理。它从不同情什么，怜悯什么，顾惜什么。

因此，不要对生活抱有任何幻想，更不要一厢情愿地去设计生活，理解生活，规划生活。生活不会乖乖地按你设定的程序理想化地运行。相反，它只会从各方面阻挠你，刁难你。面对生活，我们只能采取两种方法，一是运用智慧，充分把握和驾驭生活，变有害为有利，巧借生活的力量，实现自己的人生价值；二是努力强大自身，当生活对自己使坏时，自己能够有足够的力量和生活抗衡，不至于被生活打倒和毁灭。

所有的困难和障碍其实都在帮助你

世界上没有没经受过打击而坚强的人。也就是说，所有坚强的人都是在经受了各种沉重的打击之后才变得坚强的。如果一个人没有经受过打击，他就无法证明自己坚强，甚至不配也没有资格说自己坚强。

那么，当一个人面对各种困难和障碍时，就不要惧怕和埋怨。你要知道，其实所有的困难和障碍都在帮助你。只要你战胜和克服了这些困难，逾越和粉碎了这些障碍，你的能力就会得到大幅度提升，你的意志就会得到极好的磨炼，你离理想的目标就会越来越近。

没有敌手，人很难说会有什么斗志。没有困难和障碍，人也很容易变得懒散和倦怠。因此，所有成功的人都应感谢生命的敌手，感谢所有前行途中所遇到的困难和障碍，恰恰是它们，造就和成就了成功者。

在不为人注意时悄悄生长

一棵树苗之所以能够长成为参天大树，其中一个重要的秘诀就是在不为人所注意时悄悄地用力生长。

一棵树在生长时不宜有太多人关注。换句话说，一棵树在生长时如果太招眼、太惹人关注，很可能不是一件好事。一棵树在生长时，如果太招眼、太惹人关注，固然浇水的人会多、施肥的人会多，但摇晃的人、折枝的人，甚至动心要砍伐的人也必然会多。弄得不好，本来是可以长成一棵参天大树的，结果，很可能莫名其妙地就夭折了。

因此，一棵树苗在生长时，最好远离世人的目光，不要被任何人关注。只要你具备长成参天大树的潜质，只要你真的愿意努力长成一棵参天大树，你就抓住这不为人所注意的机会悄悄生长。等到某一天你突然进入人们的视野时，所有的人面对你都将只有仰望和惊叹，因为，你在人们眼里，已经是一棵参天大树。

为什么人声喧哗的闹市参天大树少？为什么人迹罕至的山林参天大树多？其原因和道理不言自明。

自当伯乐

不要老是等着别人来发现自己，赏识自己，重用自己。

其实，在没有人发现自己的时候，我们完全可以自己当伯乐。这个世界上，没有谁比我们更清楚和了解我们自己。自当伯乐，我们就可以自己给自己一份赞许，自己给自己一份肯定。我们就不会因为没有受到他人的赏识而沮丧和消沉，我们就会充分挖掘自己的长处和潜能，激励自己向更高的目标攀登。

为自己活着

一个人可以为世界活着，为他人活着，但人首先应该为自己活着。

首先为自己活着，这并不是一件自私和不光彩的事。相反，这恰恰是最理所当然、天经地义的。在天地间，每个人的生命都是唯一的，平等的。首先为自己活着充分体现了自己对自己生命的尊重，体现了自己对自己生命的热爱和负责。为自己活着，即意味着珍视自己，爱惜自己，即意味着不丧失原则，不丧失做人的底线，不无缘无故地委屈自己、伤害自己、糟践自己、辜负自己。首先为自己活着，意味着首先要把自己活好，让自己活得充实，活得幸福，活得愉快，活得有品位，活得有尊严。严格说来，一个只有首先把自己活好的人，才能让他人活得更好，才能对世界作出更大的贡献。

内心的节奏

人的生活通常有两种节奏，一种是外部的节奏，一种是内心的节奏。

在现代社会，人们的外部节奏普遍加快，甚至变得越来越快。神色匆匆，脚步匆匆，赶火车，赶飞机，从一个会场赶往另外一个会场，从一个城市赶往另外一个城市，成为许多现代人的常态。面对现代生活所带来的各种挑战和压力，人们的外部节奏几乎很难慢下来。但是，生活节奏总是这么不断加快，人是受不了的。在这种情况下，人一定要让内心的节奏慢下来。让内心的节奏慢下来，就是让自己的心不要这么慌忙匆急，尽量安静下来。事情再多，心里要只当无事。要做到忙而不急，忙而不乱。只要一有空隙，就给心灵放假，哪怕是短暂的放松和休息。尽量让内心的节奏拖缓外部的节奏，尽量让生活的整体节奏控制在可承受的范围。

一味地快节奏是无意义的，甚至会对生命造成很大的伤害。只有让内心的节奏慢下来，人才有可能品尝到生活的幸福和乐趣。

淡看成功

很显然，每个人都追求成功，渴望成功。因为成功不仅可以体现一个人的能力、水平、价值，成功还会给人带来巨大的声望、荣誉、财富。

成功很重要。惟其重要，我才觉得更需要淡看成功。如果一个人把获得成功视为生命的终极目标和最大追求，心里整天想着和盘算着如何成功，想着成功后会怎样怎样，那么，这个人在关键时刻、关键点上往往会出差错，导致最终与成功失之交臂，并由此饮恨终身。这样的例子可以说是不胜枚举。世界上的事情就是这样，过于用心，或是心思用得过切、过重，反而会适得其反，事与愿违。追求成功，不停地踏踏实实地付出努力，但同时又抱着轻松的近乎玩儿的心态，这样的人常常比怀着沉重心情、背负巨大压力、觉得非成功无颜面见人甚至无以活的人更容易获得成功。再者，由于主观和客观的原因，也并非所有付出努力、向往成功、追求成功的人最终就都一定能获得成功。拿成功来励志是可以的，拿成功当作必须实现的目标则未必可取。人生说到底，只不过就是一种经历，一种过程，一种体验。成功固然好，不成功其实也没关系。天还是那片天，地也还是那片地，花还照样红，草还照样绿，水还照样流。抱着这样的心态，一次失败也许就不代表一生失败，一事失败也许就不代表事事失败，重选目标，从头再来，就还有再获得成功的机会，就不会总生活在失败的阴影里。

其实，再往深里说，成功也好，失败也好，也就是一种表象，一种说法。有些成功，有些成功人士，从一种角度看，是成功，换一种角度看，也可能就是失败。如果就其幸福指数而言，表面成功的人，其幸福指数也未必就高。我眼见不少位高权重钱多派头大名声显赫的成功人士，他们内心的焦灼不宁、生活中的烦恼纠结可能比一般人更甚。因此，我觉得，要追求成功，也要淡看成功。成功不成功真的没什么大不了得的，最终一样都是过日子，至于谁过得最好，还说不定。

随缘

冥冥之中，世间是有那么一种缘分在的。否则，我们就无法解释在茫茫人海中，为什么一个人和另一个人突然之间就相遇了，而后就相识、相知乃至相爱了；我们也就真的无法解释在这个瞬息万变、波谲云诡的世界上，为什么在自己毫无准备、毫无预期的情况下，一个重要的人物就出现了，随之一些机遇、一些幸运、一些好事就降临了，自己的人生境遇、人生轨迹由此而得到了根本的改变。

缘分是命中注定的一份感动，一份惊喜，一种奇迹，一种美好。因为世间有某种缘分在，这让我们对人生多了许多希望，许多憧憬，许多期待。缘分未到的时候，我们用不着着急，用不着心焦，用不着怨天怨地。我们只需静静地安详地听其自然地等待那一种缘分的来临。

因为是一种缘分，故而我们谁也无法准确地预知某种缘分究竟会在何时来到自己的身边。但有一点可以肯定，缘分一定是在我们不经意的时候自然而然地到来的。缘分来到我们身边时，我们可能会如有神示，立刻知晓，也可能我们很长时间都没有意识到，直到过了好长时间重新回想起来，才恍然大悟，原来那一瞬间，就是缘分的降临啊。

有缘分，缘分到了，我们就坦然地接受。这是来自上苍的一份厚爱。人生太苦，有了一份缘分，会缓解这份痛苦，增添许多快乐、幸福和欣喜。有了缘分，就要倍加珍惜。可惜的是，有些缘分也会有尽的时候。缘分尽时，也不要悲伤，不要埋怨，更不要后悔当初遇到的这一份缘分。毕竟，这份缘分曾为我们的生命增添许多生气、斑斓和亮色，并且留下了无尽的美好回忆。

缘分其实也是可遇不可求。我们只能随缘。缘分到了，我们为之祝祷。缘分尽了，我们仍要为我们生命中曾经有过这样一种缘分感到欣慰和幸运。

第二辑

从容

从容源自人内心的一种自信和坚定。

从容是对匆促和瞬息万变的外部世界的反叛和抵抗。

从容的人有着自己独立的人格精神和自己独立的思考。从容的人有着自己明确的人生目标和人生走向。从容的人十分清楚自己面对纷繁的世界应该抵达什么和必须抵达什么。

从容的人从不东张西望，不朝秦暮楚；从容的人不被喧闹所乱心，也不为诱惑所动摇。当整个世界都显出一种慌张和迷乱的时候，从容的人依然保持一种清醒、冷静和镇定。

从容是一种人生的大境界。从容显示出一种人生的大气度。

从容的人从从容本身中获得了许多人所难以获得的生命的丰实、沉稳和厚重。

坚定

1

坚定是一种最能使人沉静和安宁的东西。

但是，现代人的心里品格中最为缺乏的就是坚定。

在现代社会，生活的五光十色诱惑的多种多样以及价值观念的多元对人的心灵时时造成一种冲击。在这种冲击下，人们常常会对自己现在的生存状态、生活目标和人生价值的选择产生惶惑和怀疑。人们急于想找到最好的生活模式，却不知道什么是最好的，于是，人们便困惑，便浮躁，便烦恼，常常感到找不到自己。

其实，这个世界上并没有最好的生活模式。所谓最好的只是针对某一个具体的人而言。如果某一种生活方式和人生选择最适合于你，那就是最好的。作为现代人，我们应该有自己生活的主见，不要总是用羡慕的眼光去看待别人。我们应该完全按照自己的意愿和方式去生活，并且一旦选择了，就不再动摇。

如果我们的内心能够增加一些坚定，我们就会摆脱许多烦恼，我们就会获得鱼游在水里和鸟飞在空中的那样一种自在和快乐，我们的日子也才会因内心的沉静和坚定而真正变得有滋有味。

2

坚定是一种良好的心理品格。它能使人保持一种内心的平静和安宁。

在现代社会，生活的五光十色诱惑的多种多样，极易让人东张西望、魂不守舍。如果内心缺乏一种坚定，我们就会对自己的生活方式、生活目标以及人生价值的选择产生惶惑和怀疑，我们就会因此不由自主地陷入痛苦、浮躁和焦灼，最终迷失了自己。

我们应该学会坚定，就像大树一样，一旦选择了自己足下的土地，就不再动摇。

也只有学会坚定，我们才能摆脱不必要的烦恼和痛苦，于淡泊、超远的境界中营造自己生命的绿荫。

支点

生命，需要支点。

生命很脆弱，但是，有了支点，生命就会强劲起来。生命极易萎靡，但是，有了支点，生命就会挺拔和旺盛起来。

支点提供给生命的，不只是一种依托，一种凭借，一种支撑。支点赐给生命的，是永远的信心，永远的充实，永远的力量。

有了支点，生命就不会沉沦。有了支点，生命就不会颓废。

这支点不是别的，就是生命对人类的关心和同情，就是生命对生活和世界的热爱，就是生命对未来永不失落的希望。

生命只有寻找到这样的支点才不会堕落。生命只有在这样的支点上才能创造出辉煌。

理想

理想不该是被轻视、被鄙夷的对象。

理想源于智慧，源于热情，源于人类对未来的憧憬和向往。它散发着人性和理性的光辉。

理想不是不切实际的幻影，更不是空洞的泡沫。

理想是人类共同的精神的灯塔，也是光照心灵的太阳。它体现出人类最崇高的追求和最美好的心愿。有了理想，人类才有了前行的目标和动力。有了理想，人类社会才不断向真向善向美。

理想的存在，对人的境界是一种提升，对人的行为则是一种制约。

保持并坚守理想，人的希望就不会失落，人的追求就不会改变，人的精神就不会滑坡，人生就不会因为红尘滚滚而变得庸俗、苟且、虚无和堕落。

人格

人格是人之所以为人以及区别此人和彼人的显著标志。

人格无形而又有形。人格的高尚和卑劣、人格的博大和渺小、人格的健全和残缺，会清晰地在他人的心上显影。

人格的品位直接影响和决定着一个人生命的品位，继而直接影响和决定着一个生命存在的意义和价值。不要为了迎合什么而轻易降低和贬损自己的人格，更不要为了换取什么而廉价兜售和出卖自己的人格。

人格，是我们生命中最可珍贵的东西。它是我们唯一的脊梁。我们的精神，我们的灵魂，我们的躯体，全靠人格在支撑着。

保持健旺和健全的人格，我们不一定会活得风光和富有，但我们绝不会变得无耻、卑俗和委琐。它所带来的浩然正气能使我们傲视人间的一切浮华，笑对世间的所有风雨。

安静

风来的时候，所有的枝和叶都喧哗和骚动起来，只有石头依然保持着安静和沉默。

要保持安静，自己的生命必须具备一定的分量。否则，就难免会跟风。

抱怨

抱怨生活的人常常都是生活中的一些弱者。

强者很少抱怨。一来，他们知道光是抱怨没有用，生活并不会因为自己的抱怨而有所改变；二来，他们觉得自己有足够的信心和能力去改变自己眼前不如意的生活。

沉潜

我们都是人生海洋中的寻宝者。而所有的奇珍异宝，都深藏在海底。

浮在海面上，固然很轻松，但最终，我们只会一无所得。只有背负巨大的压力，沉潜到海洋深处，我们才会有无尽的收获。

程式

生活最怕程式化。

不管是什么样的生活，一旦程式化了，它就会失去应有的新鲜感和刺激力，就会让人感到无趣和厌倦。

不要让生活形成某种程式，更要打破生活已经形成的程式。只有当生活充满了新奇和未知时，生活对我们才能时时构成一种吸引，而生活本身也才会成为真正快乐而有趣的事。

憧憬

憧憬是对明天的一种向往，一种眺望。

憧憬是美好的。美好的憧憬能给生命带来安慰，带来鼓舞，带来前行的勇气和力量。

憧憬能使人在泥泞中看到坦途，在荆棘中看到鲜花，在肃杀中看到生机，在黑暗中看到光亮。

怀有憧憬的生命不会颓废，不会沉沦。他会始终保持自己对生活的热爱和对生命的热爱，他会对未来始终怀有希望和信心。

生命不能失去憧憬。一旦失去憧憬，生命就会成为秋天的茅草，在无望中走向衰败和枯寂。

出发

出发是生命最有意义的举动。

出发源自激情，源自向往，源自渴望，源自追求。

出发，意味着生命有明确的理想和目标。敢于出发，说明生命对抵达目标有足够的勇气和力量。

出发，使生命避免了消沉和停滞。出发，使生命得以不断步入崭新的天地。

出发是一曲壮歌。

一条小溪正是因为满怀热情地踏上了出发的征程，才使得自己原本很瘦小的生命奏响了向大海的辉煌乐章。

创造力

创造力是这个世界上最大的力量。它改变着这个世界，并推动着这个世界前进。

真正的创造力是谁都扼杀不了的。只要生命存在着，这种创造力就会以各种各样的形态表现出来。

一个生命只要有创造力，他的未来就无可限量，他的前程就有着无限的希望。

聪明

现在的人都变得越来越聪明。他们懂得怎样保护自己，保护自己既得的一份利益。他们不得罪任何人，不和任何人作难。他们八面玲珑。

这种聪明使得我们在生活中越来越难以看到敢做敢当的大丈夫，难以看到高尚的操守和挺拔的人格。

代价

生命要想有所获得，总会付出一定的代价。

蝉为了能够飞翔，它承受了蜕变的艰难。剑为了变得锋利，它承受了被磨砺的痛苦。岩浆为了喷射成烈焰，不惜在地下沉寂万年。铁树为了绽放出花朵，不惜在风雨中苦度无数个春秋。

蚌要想孕育出珍珠，土坯要想成为坚硬的砖，无一不需要付出代价。

很多时候，生命所付出的代价和生命最终的获得往往是对等的。付出什么样的代价，就会有什么样的获得。

成功感的匮乏

在现代社会，人的幸福很大程度上是要靠成功感做支撑的。如果内心缺乏一种成功感，这种幸福就会如同空中楼阁，随时都会坍塌和消失。

可在现代社会，人偏偏又很难获得成功感。即便有了一点成功感，也很难保持长久。因为人很容易发现，生活中，那些财富比自己多得多、成就和名声比自己大得多的人多的是。和别人相比，自己的成功根本就算不得什么成功。

成功感的匮乏使现代社会充斥着内心紧张、痛苦、焦灼的人。即使是那些在别人眼里已经属于成功人士的人，他们的心中也依然存着一份焦虑甚至自卑，因为，他们仍然没有得到他们所想要得到的那样一种成功。

烦恼

烦恼如肮脏的棉絮和腐烂的落叶，铺满地面。

你站下来时，包围着你的是烦恼；你向前走时，前面等待着你的还是烦恼。

与其停滞时陷在烦恼中不能自拔，不如迈开步去，潇潇洒洒地把烦恼踩在脚底。

困惑

人生面临许多未知，产生困惑是在所难免的。

有了困惑就必然要思考，只有通过思考才能解除疑问。

因此，只要在困惑面前不悲观，不沉沦，困惑就会成为求索的开始。

空虚

看一个人是否空虚，不是看他的外表，而是看他的内心。

就像一粒核桃，外表粗糙、丑陋，但其内心，却很充实；而一只气球，即使外表再鲜艳光洁，但其内心，却仍然空虚无比。

名利

名利对人是永恒的诱惑。

一点名利心都没有的人，生活不会有动力。名利心若是太重，人则会在追逐名利的过程中变得疯狂，失去理智。

应该把名利心控制在一定的度上。更主要的，是在人生境界上，最终能够达到超越名利。

宁静

宁静是一种美好的生命境界。它不仅表现为环境的安谧，更表现为一个人内心的安宁和沉静。

它隔绝了纷繁、熙攘和喧闹。它避免了生命在茶楼酒肆舞厅歌厅无端地耗损，同时，也避免了生命在名利场上无意义地沉浮和追逐。

在宁静的境界中，生命会免除焦灼和浮躁，超越世俗和功利，从而在追求和创造中获得一种永恒的价值。

浮躁

浮躁是一种心态。造成浮躁的原因首先是心理失衡。

受到某种诱惑，急于想得到什么，自己却没有得到，于是，内心便浮躁起来。

浮躁是烦恼的根源。要消除烦恼，首先必须消除浮躁。而消除浮躁的最好方法，就是在各种诱惑面前，都能始终保持住自己心灵的静笃。

自尊

自尊是一个人精神和人格的骨骼。一个自尊的人，其内心必定充满自信和自重。

自尊的人不可能使自己免遭嫉恨和打击，但他却能够由此而减少许多来自他人的轻视和侮弄，让自己在这个世界上活得挺直腰杆，堂堂正正。

成熟

成熟是一种美好的生命境界。

真正的成熟不只表现为生命的饱满、充实和丰盈，更表现为生命品格的更加纯净。

如果失去了纯净，那不是成熟，而是腐败和糜烂的前兆。

知足

知足者常乐。

但是，一个过于知足的人，其结果只会使自己陷入平庸和堕落，而最终也会使自己的快乐变得虚假和可笑。

清醒

一个人最大的清醒就是知道自己该干什么，不该干什么，能干什么，不能干什么，否则，就会发生自我伤害。

就像一棵树，它以为自己能借着风势展翅翱翔，可是，折腾了半天之后，它的脚跟依然没能离开大地，只是徒然地折断和损伤了一些枝叶而已。

焦灼

焦灼是一种因自己总赶不上趟儿而产生的感觉。

越是感到自己落在别人后面，越是感到别人获得的比自己多，自己的心理就会越焦灼。

焦灼于事无补。焦灼在某种程度上只会造成一种自虐，一种自戕。

就像赶车，既然车已开走了，你即便再焦灼又有何用？

聪明者，还是不妨平缓一下心情，然后，或者迎头赶上，或者干脆就这么从从容容地走自己的路。

家园

小草有根，故而小草能在泥土中安静地生长。浮萍无根，故而浮萍只能在水面上悠悠地漂泊。

根很重要。对于我们来说，根是唯一能使我们安宁的东西。当我们能够把生命的根深扎下去的时候，那便意味着，我们已找到了自己精神的家园。

自律

自律是一种自我规范和约束。

自律源于一个人的良心，源于一个人对生命的自爱和自重。自律的人自己心中有规矩，有尺度，有准则。他知道自己应该做什么不应该做什么，应该成为什么不应该成为什么。自律的人有时在别人看来对自己是过于认真、严格和苛刻了。然而，正是这种认真、严格和苛刻，才保证了他的行为始终不发生偏差，从而使他的生命避免了沉沦、堕落和毁灭。

谦恭

谦恭不仅仅是一种姿态，更是一种内在的品德和修养。谦恭所表现出来的是一种虚怀，一种大度，一种对别人的最大礼貌和尊重。谦恭者绝无那种要凌驾于别人之上的意思。但谦恭却绝不等同于卑下。如果有人轻视乃至侮弄了谦恭，谦恭立刻就会挺直腰杆，以凛然正气和铮铮傲骨来显示和护卫自己的尊严。

漂泊

故作深沉或潇洒作无谓漂泊的生命大多是些轻浮的生命。

如浮萍。如尘埃。如流云。

但是，作为一粒种子，一粒饱满、沉实而具有生命力的种子，它则拒绝漂泊。

种子渴望扎根。

种子希望自己能在或肥沃或贫瘠的土壤上默默地开花、结果。

在种子看来，只有努力去开花和结果，生命才会有实实在在的欢乐和幸福。

命运

命运是压在小草头顶的石块。

但小草并没有屈服于石块的压力，它凭借着执著的信念和顽强的毅力奋勇崛起，最后，终于把石块顶翻在一边，从而，战胜了命运。

命运看起来强大而可怕。其实，只要生命勇敢地与之抗争，它立刻就会暴露出不堪一击的原形。

环境

对于一粒种了来说，环境就是一切。置于土中，则生；置于匣中，则废；置于火中，则死。

环境对于人其实也很重要。因此，人首先应该选择环境，其次是改造环境，在不得已的情况下，才只得努力去适应环境。

诱惑

生活中的诱惑很多。我们只能接受某一种诱惑。倘若被所有的诱惑所左右，我们的心就会陷入迷乱。当我们想占尽人生所有风光的时候，最终，我们很可能会一无所获。

适应

人应该对自己的生存环境有一定的适应能力。一个人如果不能够适应环境，就会活得别扭和痛苦。但是，如果一个人对自己所生存的环境感到过分舒适，生命则又会因此而渐渐失去活力。

不变

在岁月面前，我们外在的一切都可以改变，也会发生改变，譬如相貌，譬如财富，譬如地位。但是，我们恬静、单纯、质朴的内心却不应改变，我们对生活的执著、对生命的珍惜、对世界的热爱也不应改变。

我们应该始终保持自己灵魂的质地。只有这样，面对缤纷的世界，我们的生命才不会变异，我们的人生形式才能始终做到优美、健康、自然而不悖乎人性。

积累

积累是人生很重要的一个方面。人生的许多东西只有通过长时间的不断积累才能得到。成功需要靠不断的努力和拼搏来积累，财富需要靠不断的劳动和创造来积累，美名需要靠不懈的积德和行善来积累。

如果一个人忽视积累，最终，他就会一无所有。如果一个人不想积累，却又想得到别人所拥有的东西，他就必然会走向强占和攫取的歧途。

关注

一个人，也许可以忍受贫穷，忍受苦难，但他却往往不能忍受没有人关注。

没有人关注是一种真正的彻底的孤独。没有人关注就意味着这个世界上谁也不需要你。你的存在对于这个世界来说，形同虚无。

没有人能承受这样一种孤独。

因此，在人生的旅途上，我们应该彼此关注。

机遇

机遇对于人很重要。一个好的机遇往往能从根本上改变一个人的命运。

没有机遇不好，但机遇太多同样不好。在太多的机遇面前，我们往往很难辨识究竟哪一个机遇是最好的。我们往往会在对众多机遇的左选右择中最终浪费或错过了对我们最有益的那个机遇。

遗忘

过多的记忆是一种负担，一种沉重。

人应该学会遗忘，就像树，在秋天里，抖落掉所有灰暗、枯死的叶子，然后，一身轻松地再去迎接新的开始。

崇高是一种境界。也许我们终生也难以抵达这样一种境界，但我们却不能因此而放弃对崇高的向往和追寻。

如果我们躲避崇高，甚至故意贬低和亵渎崇高，那么，我们就必然会滑向卑下和堕落。

善良

每个人都呼唤善良。但在实际生活中，善良却又常常被人们视为一种软弱，因而，动辄受到各种侵犯和伤害。

我们应该支持善良，保护善良。只有当善良到处受到礼遇时，这个世界才会真正成为美好的人间。

铭记

种子铭记着那只为它寻找沃土的大手，禾苗铭记着那柄为它除去恶草的锄头，花朵铭记着那只为它喷洒甘露的水壶，大树铭记着那许许多多为它输送养分的根须。

生命应该有所铭记。铭记下暗夜里一粒星的照耀，铭记下趔趄时一双手的搀扶，我们就不会对自己和对世界失去应有的信心，同时，当我们某一天跃上顶峰时，就不会因为自己站在了高处而妄自尊大，睥睨一切。

忘却

过多的记忆对于生命来说是一种沉重的包袱。生命在铭记一些东西的同时，也应该学会忘却。

像小草，忘却刚出土时一枚瓦片对它的阻碍；像天鹅，忘却还是一只丑小鸭时所有世俗对它的嘲笑和责难。只有学会忘却，生命才能卸去一些不必要的负担。

灯

灯，不管外观多么漂亮、好看，只有当它亮起来时，它才能显现出真正和最高的美。

亮着的灯其魅力在于它的内心散发出一种精神的光芒。这种发自内心的精神的光芒使得灯显得光彩、热烈和生动。

等待

生活有时对我们是很吝啬的。它很少爽快地把我们所想要得到的东西立即给予我们，而常常需要我们耐心地等待。

等待，这是我们为了得到我们所想要得到的东西而必须付出的代价。

等待的过程是焦心而又寂寞的。但我们却必须等待。如果我们不愿等待或者不善于等待，那么最终我们只能是两手空空。

丢失和寻找

人的一生始终与丢失和寻找相伴。人的一生甚至就是不断丢失和寻找的过程。

丢失的东西有些我们起初并不以为珍贵，但是，丢失却使这些东西的价值迅速凸显，于是，我们又不顾一切地去寻找。

有些东西是可以找回的，而有些东西可能再也无法找回，譬如初恋，譬如青春，譬如人格，譬如尊严。于是，人生便有了许多遗憾和痛悔。

独处的能力

独处的能力是一种很重要的能力。一个能够安静地独处的人，是一个内心安详、灵魂安妥的人。

但生活中，已经有不少人丧失了这样一种能力。他们害怕独处。一旦独处，他们就会感到焦虑和恐慌，就会觉得找不到自己。他们只有借助觥筹交错的喧哗和灯红酒绿的热闹才能使自己内心的焦虑和恐慌得到缓解和冲淡。严格说来，他们都是些不幸的人。

独特

独特是一种骄傲的存在。

独特，意味着与众不同，意味着不同一般，同时，也意味着无法被复制，无法被模仿，无法被取代。

独特不只表现为一种外表，更重要的是表现为一种内在的精神和品质。

无论是人，抑或是其他事物，一旦具备了独特的品格，也便具有了一种独特的价值。

对抗

从某种角度来说，人一生都在不停地和某种东西对抗。

和时间对抗。和命运对抗。和虚无对抗。

正因为始终处于一种对抗之中，生命才显示出了价值，显示出了意义，显示出了力量。

有时，对抗越激烈，人生就越精彩。

若是缺乏必要的对抗，生命很容易就会陷入委顿，变得黯淡无光。

官场

在官场混，就必须有一副官的模样。

那些看起来官味十足的人，你可能很讨嫌他，但他在官场往往如鱼得水。而那些在你看来不像官的官，你可能觉得他很好，很容易亲近，但他们在官场的日子往往很难过，而且说不准什么时候，就会莫名其妙地从官场被淘汰出局。

鹤立鸡群

鹤立鸡群绝对是鹤的不幸。

鸡们会想尽一切办法打击鹤，孤立鹤，排挤鹤，贬损鹤。

对于鸡而言，不把鹤弄得灰溜溜的，抬不起头来，自己就将永远灰溜溜的，抬不起头来。

后悔

后悔往往是在酿成大错之后。

但后悔是徒劳的。后悔并不能帮助人挽回什么，或是改写结局。

后悔唯一的作用就是让自己饱尝后悔的痛苦，并让自己牢记教训，日后再也不要落到后悔的地步。

092 华贵

华贵是一种美。

但是较之朴素，华贵毕竟透出一种矜持和傲慢，给人一种距离感。因而，在实际生活中，它远不如朴素让人感到自然、亲切，让人更乐意接受和亲近。

化悲痛为力量

人家一遇到不幸的事，我们就习惯要人家化悲痛为力量。安慰别人不要过于悲痛是可以的，但凭什么还要要求人家化悲痛为力量？再说，有些悲痛也许能转化成力量，但所有的悲痛都一定能够转化为力量么？我看不出这其中有什么道理。

回归

回归是一种美好的姿态。

回归是因为生命曾经远离了什么，而被生命所远离的东西对于生命来说恰恰是最为宝贵和最为重要的东西。所谓回归，实质上就是让生命重新回到他一度曾经远离的事物中间。

回归是一种深情的姿态。

回归完全是生命发自内心的举动，是尘埃落定、沧桑过后一种理智的选择。它自然，真挚，执著，坚定。

回归也是一种十分动人的姿态。

回归就像孩子重回母亲怀抱，就像游子重新回到家园。叶落归根就是最为典型的回归姿势。有处可归，这是生命的幸运。若是永无归途，生命便坠入了万劫不复的深渊。

回视

人生，需要不断地回视。

回视，是对过去的检阅，也是对过去的反省。

回视荣誉和成绩，我们会得到一份鼓舞，回视挫折和失误，我们会吸取一份教训。

在回视的过程中，我们会校正偏差，弥补过失，辨明方向，坚定信心。

只有不断地回视过去，我们才能更好地走向未来。

豁达

生活中总会遇到鸡毛蒜皮，总会遇到磕磕碰碰。这就需要人豁达地去对待。

豁达，就是忽略一些小事，淡化一些不快。

豁达，实质上是心灵的一种自我保健。

获得和失去

一个人不可能同时既享受浓荫又拥有阳光。一个人在获得什么的同时，肯定会失去什么。因此，任何一个人都不可能占尽生活中所有的风光。想要占尽人生所有风光的念头是可笑的，也是愚蠢的。你最多只能择，就是选择自己到底要获得什么。一个人不能占尽生活中所有的风光，这也是上帝的一种公平。这意味着，失去再多的人事实上他在生活中同样也会有自己的一份获得。

寂寞

1

只有寂寞才会孕育创造。人类几乎所有的发明和创造都是在寂寞中诞生的。

如果你感到寂寞，请不要埋怨，那也许是上帝对你的恩宠。只要你在寂寞中思考，在寂寞中追求，在寂寞中创造，寂寞就会成为你走向成功的契机。

2

所有成功的花都是在寂寞中孕育的。

寂寞越深、越长，那成功的花便越美、越艳。

一个人能否在事业上取得成功，在很大程度上就是取决于他是否能忍受得了那漫长的寂寞。

坚守

生命应该有所坚守。

就像星，坚守着自己的光亮。就像莲，坚守着自己的芬芳。就像山，坚守着自己的高度。就像树，坚守着自己的挺拔。

生命只有坚守住自己的本质，坚守住自己的精神，坚守住自己的内心，生命才会是一个独特而美丽的存在，生命才会获得丰富的意义和非同寻常的价值。

简单的问题

人生经常需要面对的问题往往并不是那些复杂的问题，而是那些简单的问题。

这些简单的问题往往也是一些十分古老的问题，譬如，人为什么活着？人从哪里来，又要到哪里去？我到底是谁？人活着，是该爱还是该不爱？是该负责任还是该不负责任？是该坚守还是该退却？是该追求还是该放弃？是该上升还是该堕落？人死后，是有灵魂还是没有灵魂？

这些都是一些极简单的问题，但这些问题却将永远困扰着人类。

健康

对于生命而言，显然是健康第一。没有了健康，名声、财富、事业、地位等等，一切都会化为零。

但健康第一，并不意味着只要有健康就行了，如果把健康作为生命最大甚至是唯一的追求，人生就会变成一种苟活，那样以来，生命也就失去了真正意义和完全意义上的健康，人生也就失去了应有的价值和意义。

人活着，当然要追求、努力和奋斗，实现自身的价值。只是，所有的追求、努力和奋斗在正常情况下要以不损害自己的健康为前提。

焦躁

一个人觉得自己有好多事可以去干但一时却又不知道从哪一件具体的事干起时，就会焦躁起来。

焦躁只会使心情越来越坏，而不会带来任何好的结果。长期处于焦躁的状态，人就会对自己失去信心。

焦躁的时候需要冷静，需要让自己平静下来。人只有在冷静的状态下才能进行正确和理性的思考，从而作出正确的选择。

教育

教育总是按照一定的模式去培养人。教育的理想就是要把所有被教育者都培养成教育者所期望的那一类人。

但事实上，教育很难实现自己的理想，因为教育的对象中总是有许多叛逆者。有趣的是，恰恰是其中的一些叛逆者而不是那些绝对顺从者日后成为了教育引以骄傲的资本，并成为教育继续堂而皇之地存在下去的理由。

尽力

我们并不能保证自己每做一件事最终都能获得成功。很多时候很多事情，我们只能做到尽力而已。

其实，一件事情只要我们尽力去做了，也就足够了。不管结果如何，我们都无愧无悔。

快乐

人的性情不同，因而获得快乐的方式和途径也就不同。

每个人都有获得快乐的权利，但每个人却不应为了自己获得快乐而剥夺和影响别人的快乐。

乐观

1

乐观从表面上看是一种情绪，从深层次看，它则反映出一个人的心理品格。

乐观的人往往在任何不良情况下都能始终保持乐观。

乐观的人都是智者。

他们从不伤害自己，人为地跟自己过不去。他们总是用乐观的方式对自己的生命作最大的安慰和呵护。

2

乐观是一种良好的精神状态，是心理健康的表现。

乐观不只体现出一种豁达，一种开朗，更体现出一种智慧，一种远见。

乐观者善于从最好的角度去看待最坏的现实，并且善于从最坏的现实中去发现最好的未来。

冷静

对于人生来说，冷静十分重要。

人生几乎所有的错事、憾事都是在冲动和头脑发热的状态下做出的。冷静，就是为过分发热的大脑降温，就是让失控的冲动受到遏制。

冷静，可以让过激的情绪得到缓解，同时使偏执的思维恢复正常的理性。

学会冷静，人生至少可以少犯一半的错误，生活中也至少可以少去一半的悔恨。

良心

良心，是一个人判断是非善恶的标准。

良心的存在，会有效地帮助我们抵制卑鄙、贪婪的欲望，阻止我们做出伤害他人的事，至少也能帮助我们持守住道德的底线。

麻木

麻木的状态是一种最为糟糕和最为可怕的状态。

麻木会使一个本来处于幸福中的人失去对幸福的感知和体验，也会使一个本来处于痛苦中的人失去对痛苦的反抗和拒绝。而更主要的是，麻木使一个人的心灵不再敏感、细腻、鲜活和生动。麻木本身已经接近和等同于僵死。

埋没

因为这样或那样的原因，我们很难做到不被社会埋没，但我们却完全可以而且应该做到不被自己埋没。

只有首先做到自己不埋没自己，我们才有可能做到不被社会埋没。

梦想

一个人没有梦想是一种悲哀，但一个人有了梦想却只止于梦想甚而终日只沉湎于梦想之中同样是一种悲哀。

一个人光有梦想还不行，更要紧的是要给梦想一把梯子，让梦想变成现实。

理想人生的过程，实际上就是不断梦想和不断把梦想变成现实的过程。

逆境

逆境对于人生来说是很有它的可爱之处的。逆境所激发起的生命活力有时会比顺境所激发起的生命活力大得多。

一个人倘若不被逆境所毁灭，那他就一定会被逆境所造就。

攀比

自己内在的实力不如别人，可是出于虚荣或是其他一些什么，硬要想让自己在外表上赶上甚至超过别人，这就是攀比。

攀比的结果只能是苦了自己，而不可能给自己带来任何实质性的好处。

疲惫不堪的原因

现代人常常显得疲惫不堪。这种状态，一方面是由生活造成的，另一方面其实也是更重要的一方面是自己造成的。现代人的欲望无限大，他不停地忙碌，恨不能占有这个世界上所有的东西。他不知道，有些东西是他根本不需要的。追求那些他根本不需要的东西使得他整天疲于奔命。

平淡

平淡并不可怕。对于很多人来说，他们一生都是在平淡中度过的。

平淡并不等于枯燥、乏味。平淡的日子里，同样有许多美好的东西值得细细体味，关键在于自己的心灵不要失去细腻、丰富和生动。

平和

没有什么比平和更见境界的了。

平和是喧闹过后的夜，是热烈过后的秋，是波澜过后的湖面，是风暴过后的天空。

平和，是风雨人生的一种沉淀，是穿越狂躁之后的一种抵达。

平和，暗含着一种通透，一种彻悟，一种超逸，一种淡泊。

保持一种平和的心态，人就能做到不以物喜，不以己悲，就能做到淡看得失，宠辱不惊。

牵挂

牵挂是一种爱。

被牵挂，说明这个世界上有人爱着自己。牵挂别人，则说明这个世界上有值得自己爱的人。

无论是牵挂别人抑或是被别人牵挂，都是一种温馨，一种令人感动的幸福。

118

青春

我们可以失去青春的年龄，但我们不可以失去青春的心情。我们可以失去青春的容颜，但我们不可以失去青春的活力。

青春，离快乐最近，离创造最近。

人格的分裂

一个正常和健康的人应该是言行一致的。有人言行相悖，嘴上说的是一套，行动上做的完全是另一套，这并不是聪明和智慧，这从本质上所反映出的是一种病态，是一种人格的严重分裂。而这种人格的分裂又不仅仅和这个人自身的素质和品格有关，更和社会的文化环境和制度环境有关。

丧失

人每时每刻都在经历着丧失。

有所丧失并不可怕，关键是在丧失的同时我们要能够有所获得。如果没有任何获得，我们的生命就会因丧失而陷入悲哀和空虚。

善念

善念的存在证明着人性中善良成分的存在。

有善念在，就有阳光在，就有花朵在。善念不泯，人心就不会变得无情和冷酷，世界就不会彻底沦为寒冷的冰川。

生活

生活是一包瓜子。当你品尝这包瓜子时，难免会遇上三五个瘪的、坏的甚至是有虫子的瓜子。但你千万不要因此就坏了自己的心情。因为毕竟更多的瓜子还是饱满的、好的，它所带给你的还是满口的余香。

生命

生命是一种资源，而且是这个世界上最大的一种资源。

有人对这种资源视而不见，在平庸、无为，甚至是在叹息中白白消耗和浪费了它。而有人则在追求和进取中充分利用和开掘这种资源，进行再创造，从而在这个世界上留下了自己不寻常的业绩。

失落

很多东西当我们拥有的时候，我们并不觉得自己特别幸福，而一旦失落了，我们立刻就会感到伤心和痛苦。

失落对我们的人生是一种提醒。它让我们加倍珍惜自己目前所拥有的一切，并尽可能不再让它们轻易地失落。

时间

坐在阳光下，然后，亲眼看着移动的阴影一点一点地掩埋自己。

这样真切地感受一下时间对生命的伤害，你就会对时间加倍珍惜。

世界

世界很大，大到广阔和无际。但针对某一个具体的人来说，他的世界却可能很小、很小。

如果某一个人说他对世界感到失望，其实，他并不是对整个世界感到失望，而只是对他个人的世界感到失望，更具体和更确切一点说，他是对组成他个人世界的那样一些人和那样一些事感到失望。

消除这种失望的方法其实很简单，那就是，走出由那种小圈子所组成的小世界，走向广阔无垠的大世界。

水

水是最抗得住打击的。水的自我愈合功能很强，可以说，所有的硬器都很难真正伤害水。

但水经不起柔软的化学物质的侵蚀，经不起化学物质以污水的形式和假冒的水的名义进入它的身体，它的生命，它的血液。它无力也无法对其进行抵抗和排拒。水的生命常常在这种情况下衰竭和死亡。

思想

人不能不思想。

思想是上帝赋予人类的一种特质，也是人类自身所具有的一种宝贵的能力。

人无法不思想。面对世界，面对人生，人有太多的无奈和痛苦，有太多的困惑和迷惘。人需要通过思想来解释世界和人生，需要通过思想来确定自己人生的位置，需要通过思想来为自己寻求一种解脱和支撑。

思想可以廓清迷雾，可以消除困惑，可以豁达心胸，可以升华境界。

学会思想，坚持思想。在思想中，人会获得清醒、深刻和超逸。

思想的流失

对于我而言，每天都有大量的思想在流失。

思想几乎每时每刻都在产生，有时甚至是大量地在产生。可是我来不及表述，更来不及记录。这些思想就像飞瀑落下时溅起的无数水花，又像礼花绽放时溅开的无数光点，我来不及对他们作任何保留，它们便在转瞬间迅速消逝。

思想的流失是我感到最为痛心的流失。因为流失的思想是我生命中最为重要的财富。

思想者

1

思想是思想者最大的堡垒和阵地。

思想者可以放弃一切，但思想者不会放弃思想。事实上，思想者一旦放弃思想，思想者本身也便不复存在。

思想者知道，是思想使自己变得强大，而一旦放弃了思想，自己则不堪一击。

2

事实上，只有那些对现实始终怀有警惕和质疑，甚至与现实社会始终保持对抗和对立关系，与之格格不入者才会成为伟大的思想者。

当今伟大的思想者缺乏的原因一是因为社会不能容忍与自己格格不入者的存在，二是因为没有人愿意承受那样大的痛苦和牺牲去做与现实社会格格不入的人。

3

思想不应该注水。思想者有的终其一生，只说出那么一两句话，但那一两句话却是绝对的干货。有人说了无数句话，但其价值却抵不上这一两句。

4

人与人之间最本质的区别不在于服饰和外貌，而在于思想。

我们没有见过孔子，也没有见过老子和庄子。但是，我们却可以毫不费力地就把孔子、老子和庄子区分开来，而我们区分他们的依据就是他们的思想。

思想的特点可以说是一个人最大的特点。

每个人的思想都是不一样的。对于那些善于思想、长于思想的人来说，他们的思想就更为独特。他们的思想蕴含着他们对人生、对这个世界的根本看法。

人的最伟大和最高贵之处其实就在于会思想。

在思想中，人可以获得更强大、更健全、更完整、更深刻的自我。

我们应该学会思想，并在生活中始终坚持思想。

132

坦然

坦然源于一种自信。只有那些觉得既无愧于自己又无愧于他人的人，心中才会有一份真的坦然。

只有活得坦然的人，才会真的活得舒展，活得快乐。

挑战

大凡在事业上取得一定成就的人，都是些不断向自我发出挑战的人。

人最大的敌人是自己，是自己的疏懒、怠惰、自足和自满。当一个人以自己为对手，不断地向自己发出挑战时，生命便因此而爆发出最大的活力和创造力。

挺拔

一个人让人感觉很挺拔，有时并不是因为这个人的身材特别高大，而是因为他的精神特别旺盛、强健、卓拔，显现出一种昂扬向上的力量。

正因为如此，有些伟人，尽管个头不高，但在人们的印象中，他的形象却很挺拔。而生活中的有些人，尽管其个头很高，但因其精神萎靡和低下，让人感觉到极其矮小和委琐。

无愧

追求一生，辛劳一生，奋斗一生，最终的目的就是为了让自己在生命的最后一刻能够感到无愧。

无愧是一种很高的境界。

无愧的人生，便是最可欣慰的人生。

136

无奈

无奈是落在心上的灰尘。

灰尘越积越厚的时候，心就会失去明亮和生动，甚至最终会变得死气沉沉。

羡慕

不要总是羡慕别人。羡慕别人的人常常不自觉地把自己放在了低于别人的位置上。

如果真的觉得别人好，不妨站在与别人平等的位置上，对别人真诚地抱以欣赏。

享受

享受并不是一件很奢侈的事情。享受和物质富裕的程度并无必然的联系。

对于一个富有情趣的人来说，临山风是一种享受，吹芦笛是一种享受，观流云是一种享受，甚至仰卧于草地，闭目听风也是一种享受。

如果享受一定要以丰裕的物质做基础，那种享受反而极可能把生命引向庸俗、肤浅和堕落。

潇洒

不是身穿名牌、住着豪宅就是潇洒，不是出有名车、行有保镖就是潇洒，也不是醉在酒楼、歌在舞厅就是潇洒。

潇洒并不都是依靠金钱、借助时髦就能实现的。

这个世界上，真正称得上潇洒的人很少。

如果硬要说潇洒，那么，我肯定要说，骑手在草原上纵马奔驰是一种潇洒，农人在田野上甩一个响鞭是一种潇洒，渔者在湖面上扬手撒网是一种潇洒。

这种不被世俗的目光所注视的随意和尽兴，也许才是真正的潇洒。

幸福

幸福是自己内心的一种感受，它不需要得到别人的认可。

如果你一定要让别人认可你内心的幸福，那么，你很可能就会因此而失去本来已经拥有的幸福。

选择

在生活面前，谁都免不了要面临选择。

选择是艰难的，因为选择的同时，必须对另一些东西作出放弃。

而人总想鱼和熊掌兼得，于是，选择便显出艰难和痛苦。

侥幸心理

存有侥幸心理是十分危险的。其危险在于，它不是让你远离危险，而是把你引向更大的危险。

生活中有许多人都不是被已知的危险所害，而是被自己的某种侥幸心理所害。

英雄

英雄是很多人曾经阅读过的人生教科书。英雄曾使许多人热血沸腾，激情满怀。但是，在平庸而琐碎的日子里，曾由英雄而激发起的那种凌云壮志却在不知不觉中烟消云散，那曾经被英雄的情怀点燃的熊熊心火也在岁月的风雨中渐渐地暗淡。

在暮气沉沉，尤其是精神的天空一片灰暗的时候，我们应该重读英雄。

英雄是一道长虹，英雄是一簇圣火，英雄是崇峻的高山，英雄是呼啸的长风。

重读英雄，就是重新沐浴英雄人格的光辉。

重读英雄，就是重新感受英雄生命的崇高、伟大和庄严。

在重读英雄的过程中，我们会呼吸到人间的清气和正气，我们会增添生命的大气和豪气。我们会因此而远离卑俗、庸碌、消沉和萎靡，并让自己的人格切切实实地向英雄的境界靠近。

语词

在寡言少语的人那里，我会听到一些最有分量和最结实的语词。因为那些语词中凝结着生命最沉重的感受。

而在滔滔不绝者那里，我所看到的，只有一些语言的飞沫。

预言

人类是不大愿意听信什么预言的。尤其是对那些不好的预言，人类不是视为谣言予以驳斥，便是以一笑置之。人类不会把预言当作一种警醒，从而采取一定的防范措施，因此，人类也就常常一次次被灵验了的预言所教训。

146

真诚

真诚，是人类最可珍贵的第一品质。它可以消除隔膜、怀疑、猜忌，它可以消除冷漠、仇恨和敌视。它可以使两个本来很陌生的生命在最短时间内相近和相亲。

自救

人生是一次孤独的旅行。当我们陷入困境甚至是绝境的时候，别指望有谁能真正救助我们。我们只能立足于自救。而事实上，也只有首先奋力自救，我们才有可能彻底走出困境，绝处逢生。

148

自知

一个人做到自知很难。

一个人可能本来是知道自己的，他清楚自己才华有限，能力有限，水平有限，可是，遇到了周围太多的赞扬、褒奖和吹捧之后，他便可能变得不自知了，他便以为自己真的是别人所赞颂的才华横溢、无所不能、无所不通、无所不精的英才和全才。

人对自我的认识和评价有时需要外在的认识和评价做验证。因此，处在过分的赞扬和过分的贬抑之中，人都会容易变得不自知。

尊严

有无尊严是衡量一个人人格高下的最好标准。

尊严感会派生出许多东西，比如，正直、正派、自强、自重。有尊严感的人不会委琐、屈从，不会自轻自贱。

英雄和伟人的身上，往往集中体现着人类的尊严。

没有尊严的人，极容易变成哈巴狗和癞皮狗。

成功者必须具备的一些条件

成功者的身上有一些共有的特征。换一个角度，我们就可以把这些特征看作是成功者必须具备的一些条件。这些必须具备的条件是：聪明，有出众的才华；有良好的协调人际关系的能力；有开阔的眼界和胸襟；善于调动和借助他人的力量；乐观，对自己所从事的事业始终充满热情，充满信心；经常自省；勤奋，刻苦，高效；善于抓住时机。

受伤

人只要活着就免不了会受伤，人生的过程从某种角度来说甚至就是不断受伤的过程。

有的伤是自己造成的，有的伤是别人造成的，有的伤是有形的，有的伤是无形的。然而，不管是受了什么样的伤，伤口最终都只能靠自己来愈合。

每一次受伤，对生命都是一次磨炼。正是在这种不断受伤和不断愈合的过程中，生命才一天天变得坚韧、坚强、坚实起来。

浅薄

无知本来并不等同于浅薄。如果无知偏要装出有知，而且还要喋喋不休地卖弄，那就不止是浅薄，而是浅薄透顶。

热情

热情是一种人生态度。它由心灵产生，直接地光照和作用于生活。热情的有无，直接地关系到一个人生活质量和生命质量的高低。

沉默

沉默也是一种语言，而且是一种比喧哗和聒噪深刻得多的语言。

因为沉默的存在，喧哗和聒噪才显出了轻飘和肤浅。

潮流

一味追赶潮流的人，永远也不可能站在潮流的前头。

真正聪明的人要么无视潮流，要么就让潮流跟着他走。

156 自卑

自卑很可悲。

自卑的人先是自己低看了自己，接着，又鼓励和促使别人把自己看得更低。

奋斗

人生最值得和最需要去做的一件事就是奋斗。只有奋斗才能彻底根除自身的消极和懒散，只有奋斗才能充分调动和发挥出生命的智慧和潜能，只有奋斗才能使人生最终摆脱平庸和黯淡，显示出奇崛和辉煌。

简化应该是消除那些不必要的繁复。但是，简化若是把所有的繁复都变成了简单，生活将因失去应有的蕴藉而变得索然无味。

清洁自己

红尘滚滚。整日在世俗中忙碌和奔波，我们的身上难免会沾染灰尘。闲暇的时候，让我们静坐在纯净的音乐中，静坐在如水的月光里，用反省和良知的浴液对自己进行“清洁”。清洁自己，是一种必要的自我保健。

拓展胸怀

人生所有的阴郁、苦闷往往都和我们心灵空间的狭小与仄逼有关。

我们应该拓展自己的胸怀。当我们的心胸有天之高、海之阔时，我们就能平静地容纳风起云涌，波翻浪腾。

开采自己

人生，一项重要的工作就是开采自己。

生命，是一座矿山。生命中，蕴藏着丰富的资源。但是，通常，一个人所开采出来的往往只是蕴藏着的一小部分。

生命无法保留，也无法再造。一旦生命消逝，未及开采的资源也便随之毁灭。为了不让生命资源白白浪费，我们就应不断加大开采的深度和广度。我们所开采出来的东西越多，我们生命的价值便越大，我们生命的意义便越重。

做好准备

不要等到猎物出现才去寻找弓箭，不要等到河流已经挡住了去路才去制造舟楫，不要等到风沙已经吞噬了路标才去制造罗盘。

面对人生，我们应该时刻做好充分的准备。只有做好充分的准备，我们才能迅速抓住人生的每一次机会，我们才能处变不惊，从容地度过人生所有的艰难。

处于蓄势

要让自己的生命处于一种蓄势。

就像高湖默默地蓄积自己的能量。

有蓄积，才会有爆发。只有蓄积得越多，最终的爆发也才会越壮观，越光彩。

持之以恒

水滴石穿是因为持之以恒。聚沙成塔也是因为持之以恒。

持之以恒是取得成功的最大奥秘。

但很多人都做不到持之以恒。因为持之以恒是一个极为漫长、寂寥、枯燥和痛苦的过程，很多人无法接受这样一个过程，对经历这样一个过程更是缺乏一种相应的耐心。他们希望的是速成，他们无法等待很久以后的那个结果。他们对那样一个结果的到来也缺乏足够的信心。

后来居上

观看马拉松比赛，常常发现，最后获胜的人往往是开始跑在后面的人。

跑在前面的人往往有一种保守的心理，那就是，我只要保住第一的位置就行了。而跑在后面的人则不然。他时时感受到一种压力，那就是，最终，我必须超到前面去，否则，这场比赛就输了。因此，他一直憋着一口气。正因为这种超越的欲望时时刻刻在激励着他，使得他在最关键的时候终于冲在了前面。

生活中，并非所有的后来者都能居上，但后来者确实不必气馁。只要你有种强烈的竞争欲、奋斗欲，也许，最后的风光就属于你。

第三辑

统治者的残暴和仁慈

统治者的残暴是真的残暴，统治者的仁慈则往往是假的仁慈。如果统治者表现出仁慈，那一定是因为他感到自己遇到了麻烦，必须做出仁慈的样子来感化子民。其目的则在于使自己的统治地位不受威胁，并进一步巩固自己残暴的统治。

在盆景园里

在盆景园里是看不到参天大树的。这并不是因为这个世界上没有和缺乏参天大树，而是因为参天大树不符合盆景园主人的审美标准，被其严格地排斥在外。即便有一两棵参天大树的幼苗侥幸混进园子，只要一被察觉，很快便会遭到无情的清除。

送温暖

在春节前，官员们带着记者和随从人员以及面粉、大米、食用油、慰问金等去看望下岗职工、贫困家庭，我们称之为送温暖。

我不反对送温暖，但我反对对送温暖的过度宣传。在电视上反复播送送温暖的画面使我怀疑送温暖本身并不含有真情，而只是一种形式和表演。而其中下岗职工眼含热泪从官员们的手中接过食用油和慰问金的镜头，更让我觉得有辱下岗职工的人格和尊严。

违心话

今天的人们，包括今天的知识分子所说的违心话并不比过去的年代少。和过去的年代有所不同的是，过去的违心话都是在高压的状态下说出的，是出于迫不得已，而今天的违心话则大多是自己主动说出的。过去年代说违心话的人内心会有一种自我谴责的痛苦，而今天说违心话的人则往往心安理得，并且为了使别人相信，极力表现出最大的真诚。

奔来奔去

什么是现代生活呢？简单地说，现代生活就是不停地奔来奔去。

本来，奔来奔去的目的是为了使自己的生活变得更好。但是，总这么奔来奔去，结果，奔来奔去就成了生活本身。

现代人总是行色匆匆，行色匆匆就是因为总在奔来奔去。

奔来奔去很辛苦。但谁能拒绝奔来奔去？

奔来奔去成为现代人别无选择的选择。

不找熟人

朋友要买一架钢琴，可他自己对如何挑选和购买钢琴一窍不通。为了保险起见，他就找了一位在中学当音乐教师，业余又专门教儿童弹钢琴的熟人帮他买琴。这位熟人向他介绍了几种品牌钢琴的性能和优缺点，并告诉他买琴、试琴的方法和技巧，最后，这位熟人告诉朋友，据他所知，某一琴行卖的某一品牌的钢琴质量较好，买的人也很多，价格也公道，建议朋友就到那里去买。

朋友信了这位熟人的话，就去了那家琴行，并且就买了熟人所推荐的那一品牌的钢琴。

不久，朋友的另一位朋友登门做客。这位朋友一见到朋友放在室内的钢琴就大为诧异，他问朋友，你怎么会买这一品牌的钢琴？他告诉朋友，这种琴在构造上有一个致命的缺陷，这一致命的缺陷使它在弹奏高音时有一种无法消除的杂音。在问了钢琴的价格后，他告诉朋友，这价格也贵了，而且至少贵了 3000 块钱。

朋友大惊。他没有想到，找熟人咨询和把关，最终落得的却是这样一种结果。事后再一打听，那位当音乐教师的熟人和那家琴行的老板是一种伙伴关系，这位音乐教师每帮助琴行老板售出一架琴，他都可以从中拿到一笔可观的回扣，因此，凡是找这位音乐教师咨询买琴的，他无一例外的都是推荐别人到这家琴行买这一品牌的钢琴。

朋友弄清实情后，后悔莫及。

现今的社会，所谓的熟人往往是最不可靠的。

遇事最好不要找熟人。

不找熟人，我们可能也会吃亏，但即便吃亏那也是吃在明处。可要是找了熟人，那亏却是吃在暗处，而且这种窝囊会长久地郁积在你的心里，让你心中有苦也说不出来。

茶

茶是苦命。

越是名贵的茶，那命就越苦。

所有的茶都是夭折的花朵。

名茶的身价往往很高，但那很高的身价很大程度上是被纤细的指尖用温柔的残忍抬上去的。

名茶以自已那很高的身价又满足了喝茶者的虚荣，抬高了喝茶人的身份。

茶也会听到几句赞美之词。但这往往正是赞美者贪婪地汲取她的精髓的时候。

不少茶曾有过豪华的居所，可那豪华的居所对于茶来说实质上只是囚禁她的铁笼子。

所有茶的结局都很悲惨。

她们最终谁也逃不过被人当作垃圾倒掉的命运。

乘车人的脸

每天早上都要乘公共汽车去上班。我注意了一下乘车人的脸，他们脸上的表情竟都是那样的漠然，所有的目光也都是那样的空空洞洞。

早晨的乘车者大多是上班族。对于他们来说，乘车是每天从家里到班上的一个必须经历的过程，是个不得不经历的过渡。他们并不喜欢这种过渡，或者说，他们并不喜欢这样一种过渡的方式，但他们又别无选择，因此，他们只得这样。日日如此，他们自然有些厌倦，他们又无法改变这样一种现状。早晨的公交车很挤，他们也习惯了，就尽量收缩自己，默默地忍受着。从他们的表情和目光可以看出，他们这一刻，既无思想，也无欲望。他们只是在挨过这一刻。

他们拥挤在一起的样子，就像是被装在罐头盒的鱼。只有下车之后，他们才像鱼又被放到河里，每个人的目光和表情包括姿势才又生动起来。

大智若愚

智慧就是智慧，愚笨就是愚笨。

但是，大智若愚的人却把智慧和愚笨搅和到了一起。明明是智慧的，但他让你感觉到的却是愚笨。他把智慧藏到了愚笨的后面。

其实，懂得隐藏智慧本身就是一种智慧。他这样做，不是想保护自己，就是有意逗你玩。

愚笨者看到智慧者的愚笨还以为他是真的愚笨，却不知，他所看到的愚笨只是智慧者故意卖的一个破绽。

跟我走吧

第一眼看到你，你就深深地打动了我。

你的神情中充满哀怨，哀怨的神情使原本就很美丽的你显得更加楚楚动人。

我不知道，正值豆蔻年华的你有着怎样满腹的心事？

从你的衣着和打扮看，你是个平常人家的孩子。你遇到了怎样不顺心的事？是家庭遭遇了不幸，还是自己陷入了什么样的困境？

你就像是掉进火坑的少女想跳出火坑，你就像是落入虎口的少女想逃离虎口。

你的目光中充满了恳求。

你的目光中充满了期待。

当我要转过头去时，你的目光中甚至闪烁着莹莹的泪光。

我不忍拒绝你。

我不是一个非常有力量的人。但是，我还是冲动地对你说出这样一句话：跟我走吧！

但你不动。

我忘了，你不是跟我生活在同一个时代。

我甚至忘了，你只是徐州博物馆里陈列的一尊汉代陶像。

古人和今人是什么关系

湖北省博物馆所陈列的文物主要是战国曾侯乙墓出土的文物。也就是说，为了陈列战国曾侯乙墓出土的文物，湖北省专门建造了一座博物馆。

曾侯乙墓是战国早期曾国国君的墓葬，位于今天湖北省随州市西北郊擂鼓墩一座名叫“东团坡”的小山上。1977 年秋，当地驻军某部在扩建营房时发现该墓。翌年夏天，湖北文物考古工作者对该墓进行了发掘，墓内出土了青铜礼器与用器、兵器、车马器、漆器、乐器以及竹简等 15000 余件，许多都是罕见的珍品，其中最令人惊叹的是全套 65 件编钟。这 65 件编钟总重量达 2567 公斤，超过以往出土的任何编钟。

古人为什么要在墓中放置那么多随葬品呢？通常的解释总是说古人有随葬的习惯，并且说，墓主的身份、地位越高，墓中的随葬品也就越多，越豪华。但我觉得不妨再作另一种解释，那就是，古人有意要通过在墓中放置大量随葬品的方式给后人留下一笔宝贵的遗产。

古人是知道后人肯定要挖掘他们的墓葬的。他们之所以想方设法要把墓造得隐蔽和坚牢并非是为了彻底地防止后人挖掘墓葬，而只是想让墓中的东西保存得更好些，保存的时间更长久些。

古人为后人想得很周到。就拿曾侯乙墓来说，当时的人知道后人要发掘这座墓葬，为了不让后人失望，他们在墓中放置的东西很齐备。当时的人好像也预料到这座墓葬也可能要到两千年后才会被发掘，而年代久远有些东西可能会失传，后人再考证起来会有困难，因此，他们尽可能在随葬品中附带留下一些可供后人破解的记号。譬如，他们在墓中放置了一套完整的编钟，但怕后人将来不知道如何撞钟，他们就特地在墓中放置了一只经过精心雕刻的漆鸳鸯盒，在鸳鸯盒的左侧绘了一副撞钟图，图上，两兽为柱，口衔上横梁，横梁上悬挂两件甬钟，足置下横梁，上悬二磬，旁边有一拟人的乐师，执棒撞钟，以此为后人研究如何撞钟提供依据。他们怕后人不知道编钟是怎么回事，又特地在编钟上留下了关于记事、标音、律名关系的错金铭文。

古人是很为后人考虑的。他们宁可在当时遭受詈骂，遭受误解，也要造福后人。如果没有古人精心、周密的考虑，有些历史我们将永远无法了解。

关心弱者

关心弱者是一桩投资少、收效大的买卖。你只需付出一些廉价的同情甚至是一些虚假的安慰，连同很少的金钱，你就会收获这个世界上最大的褒扬和感激。

那些所谓的慈善家们就深晓其中的奥秘。他们就是靠自己很少的付出最终为自己换来了“慈善家”的美名。

黄鹤楼

三年前，我曾登过一次黄鹤楼。此次来黄鹤楼已是第二次。

尽管是第二次，但我还是很想来。

来黄鹤楼，不只是为了看风景。

黄鹤楼始建于三国鼎立时期的吴、黄武二年，即公元 223 年，距今已有 1700 多年的历史。现在我所登临的黄鹤楼是 20 世纪 80 年代重建的。

历史上，黄鹤楼曾重建过多次，每次重建的黄鹤楼都和前面所建的不一样，但名字却都依然叫黄鹤楼。

没有人要改这个名字。我估计，就是有人要改，大多数人也不会同意。

黄鹤楼最初建造时是和城连为一体的，它应该算是一座军事建筑，但后来，它就越来越是文化的了。历代文人骚客登楼吟诗作赋，讴歌黄鹤楼及登楼所见的壮丽景观，流传至今的诗词逾千首，文赋过百篇。“故人西辞黄鹤楼，烟花三月下扬州”以及“昔人已乘黄鹤去，此地空余黄鹤楼”早已成为代代传诵的千古名句。黄鹤楼，单这一个名字其文化含量就大得让人无法估量。

说实在的，就是没有现在重建的这座黄鹤楼，这儿，也依然值得来，值得一看，值得深深体味。

脚盆里的“小燕子”

电视剧《还珠格格》走红荧屏之后，到处都是“小燕子”的广告形象。不知是哪一家厂家，也不知他们是否得到了有关人的允许，竟把“小燕子”的两帧剧照印在了塑料脚盆里。

脚盆里的“小燕子”对此似乎毫无所知，她的感觉依然那么良好，还是那么一副明星的样子，笑得还是那么开心，那么无所顾忌，那么疯疯癫癫。

脚盆是每天都要用的。可以想见，每天晚上，“小燕子”都要被浸在水里，然后，任一双臭脚放在她的脸上磨来蹭去。当然，亲近她的，还有别人的臀部。

这真是没有办法的事。当个明星固然有着很风光的一面，但同时，你也不得不接受大众对你的不恭甚至轻侮。

两句话

一个男孩子问我：他已经和一个女孩子同居半年了。他觉得这个女孩子各方面都挺好，可他就是下不了决心和这个女孩子结婚，他问我该怎么办。

我知道，他下不了决心的原因是他在爱这个女孩子的同时，还在不断对别的女孩子产生好感乃至爱情。

这个男孩子是个小提琴手，他的女朋友也是一个小提琴手。现在，他和他的女朋友都在葡萄牙的一个乐团里供职。

我说：我不知道你的女朋友究竟是个怎样的人，因此我很难帮助你决定取舍，但我可以说两句话供你参考：一、一个人的感情可以不稳定，但一个人的婚姻不能不稳定；二、让许多的爱情像星星一样辉耀着自己是可以的，若是让许多的爱情都燃成熊熊大火，那最终则会烧毁了自己。

我不知道自己的意思在这两句话中表达清楚了没有，我也不知道这个男孩子能否正确地理解我的意思。

拿得起和放得下

对待世上的一切事情，我以为人都需要做到这两点，那就是拿得起和放得下。

所谓拿得起就是当一件事需要自己去干时，自己一定要能全身心投入地去干并且能够把它干好。所谓放得下就是当一件事一旦不需要自己干时，不管是出于什么原因，也不管这件事当时正处于什么节骨眼上，自己都能轻轻松松干干脆脆地把它抛开。

拿得起是执著，痴迷，放得下则是旷达，顿悟。

凡能拿得起和放得下的人通常活得都很愉快。

如果拿不起或放不下，那只有尴尬和痛苦。

你的脸上呈现着你内心的一切

面对一个人时，我注重倾听，但我更注重观察。

我观察他的脸，观察他脸上的神情。

一个人的语言常常修改和掩饰着他的内心。但他的脸上却往往生动、细腻、丰富、真实地呈现着他内心的一切。

钱在鲁迅先生的创作中起了什么样的作用

陈明远先生是个有心人，他为鲁迅先生算了一笔收入账。经过详细的统计后，他认为，鲁迅前期（北京时期）是以公务员职业为主，14 年的收入相当于今 160 万元，平均月收入相当于今 9 千多元；中间（厦门广州时期）一年专任大学教授，年收入相当于今 17.5 万元，平均月收入相当于今 1.4 万多元；后期（上海时期）完全是自由撰稿人的身份，9 年收入相当于今 210 万元，平均月收入相当于今 2 万元以上。鲁迅一生总收入相当于今 392 万元以上，属于名副其实的“中间阶层”。

鲁迅先生的骨头是硬的。他用硬骨头写成的文字换来了丰厚的收入，这丰厚的收入无疑又使他的骨头变得更硬，脊梁挺得更直。

忍的功夫

一位在机关工作多年的朋友说，他在机关待了这么多年，只练就了一项功夫，那就是：忍。

忍住不说。忍住不辩解。忍住不反驳。忍住不发火。

头儿的意见永远是对的。头儿的意见就是错了也要把它看成是对的。

明知忍很窝囊，很可怜，明知忍是自己对自己的一种委屈、不公和残忍，但还是要忍。如果不忍，那就会毁了自己。

我很同情他。

我不知道他所说的毁了自己是怎么一种毁法，而在我看来，他现在其实已经给毁了。

谁能看得清未来

老路最早是在机关工作。那时，机关很死，既没有奖金，也没有什么其他特别的福利。老路的笔头挺好，常有文章见诸报端，他听说报社待遇不错，而且当个记者可以到处采访，在社会上还挺风光，老路就找关系去了报社。老路在报社干了两年。那时，文学很风光，老路总觉得搞新闻跟搞文学相比在档次上低了一大截，于是，他就又跳出报社，去了本市一家办得正红火得不得了的青年文学杂志社做文学编辑。可好景不长，文学很快就滑坡了，并且越来越陷入低谷，老路所在的杂志社本来可以用挣来的钱盖大楼，可现在，却连全额工资也发不出。老路只好提前退休，又到一家报社打工，做一名不占编制的编辑。

现在，老路经常说起的一句话就是“亏了”。老路说，如果他当时不离开机关，那他现在至少是个处长。如果他当时不离开报社，那他现在起码也是个副总编。总之，不会沦落到今天给人打工的地步。

老路说，都怪他当时目光短浅，作出了错误的选择。其实在我看来，也不能说老路当年作出那样的选择就是目光短浅。生活的变化如此之快，有谁能真正看清未来？不过，人不能一味跟风，这倒是真的。

谁是我们的朋友

在商品经济社会，朋友关系的确立往往是建立在彼此共同的政治利益和经济利益基础之上的。因此，朋友关系也就是利益关系。如果利益关系不存在了，朋友关系往往也会随之解体。

利益关系是很不牢固的，因此，朋友关系也就更不牢固。

于是，现代人便面临这样的尴尬：似乎有朋友，似乎又没有朋友；似乎有很多朋友，似乎又都不是朋友。更要命的事，刚才还是朋友，但转瞬间，就视同路人，甚至反目为仇。

说真话难的原因

话是说给别人听的。因此，说话前我们总习惯想自己的话一旦说出口后，别人听了心里会怎么想，是高兴，还是不高兴，结果对自己是有利，还是不利。考虑得多了，说话时，舌头自然就会拐弯，无形中就会改变自己原来的意思。

生活中，我们常常会说某人会说话，某人不会说话。所谓会说话其实就是说话时能摸准别人的心思，说出的话让人听了觉得舒服。所谓不会说话就是说话时全不管别人心里怎么想，只图自己说了痛快。显然，那些不会说话的人嘴里说出的很可能都是真话，而会说话的人嘴里说出的则弄不好就是假话。但是，我们却都毫无例外地讨厌不会说话的人，而喜欢会说话的人。

在这样的环境和氛围里，自然没有说真话的自由空间。

因此，说真话对于我们这个民族来说也就永远是一件很难的事。

讨论的声音

我坐在会场的一角，凝听着一场讨论。开始时，我听得很专注。但是，当讨论者的神情越来越激动，语调越来越高昂，讨论的气氛越来越热烈的时候，我却莫名其妙地走了神。

我开始觉得这种讨论的声音很刺耳，继而，我便对这种声音的真实性产生了致命的怀疑。

每个讨论者都在争着说话，每个人都在用语言表达自己的观点，并试图说服别人。可是，每个讨论者，他们说话的真实动机到底是什么？他们语言所表达的东西和他们内心的东西是一致的么？他们在语言中凸显了什么，改变了什么，又藏匿了什么？讨论者是否在讨论的过程中连自己也不知不晓地就一起改变了讨论的初衷？

当我这样想的时候，整个讨论的会场在我的眼中都有了一种舞台感。而每个讨论者的发言在我看来则都像演员在表演。

194

妥协和附和

在对一些事情的看法和处理上，当自己的观点和意见同别人的观点和意见发生矛盾和冲突时，我或许会妥协，但我不会附和。

妥协和附和看起来结果似乎是一样的，都是依从了别人，实质上，二者有着很大的差异。妥协是我为了避免矛盾和冲突而做出的一种让对方能够感觉得到的让步。虽然最终在做法上我依从了别人，但我的观点和意见其实并没有改变。然而附和就不同了，附和则是明确地改变和放弃了自己原来的观点和意见，完全同意了别人的观点和意见。二者的结果也不尽相同。妥协有可能促成对方自省，使他怀疑和重新考虑自己原来的观点和意见；而附和则会使对方更加坚定自己的观点和意见。

我的希望

我站在武汉龟山公园内新建造的“赤壁大战全景画馆”里。

这是一座双环形天坛式建筑，总高25.8米，内径45米。1800年前发生在荆楚大地上举世闻名的赤壁大战的历史画卷就被逼真地绘制在高18米，长135米的画布上。

站在“赤壁大战全景画馆”里，就如同置身于当年的古战场，只见眼前火光熊熊，硝烟滚滚，鼓角嘹亮，杀声震天。转眼间，“樯橹灰飞烟灭”。

赤壁大战这段历史我是熟悉的。看了眼前重现的这一历史画面，我突然产生了一种强烈的痛惜之感。我痛惜几十万条鲜活的生命毁灭于瞬间。

战争是残酷的。战争总是以毁灭生命为乐。

站在画馆里，我只有一个愿望，那就是，希望人类永远远离战争。

喜欢南京

在南京定居已经有些年头了，我越来越喜欢这座城市。

这座城市很宽容，很厚道。它最大的特点就是不排外。不管你是什么身份，也不管你是来自何方，只要你有能耐，你都可以在这里找到自己的立足之地。它对外来者的态度是既不拒绝、歧视、排斥，但也并不表示出欢迎、尊崇和亲近。它完全是一副大大咧咧、听之任之、若无其事的样子。你活得风光，它不会妒忌；你混得没饭吃了，它也不会嘲笑你。它的这些特点使生活在这座城市的我心理上觉得很自在，很放松。我用不着小心翼翼地提防什么，也不需要成天考虑谁的眼色。我完全可以爱干吗就干吗。反正好坏都没人管我。

这座城市还有一个特点就是不浮躁，比较安静。它的生活节奏比其他内地城市和一般中小城市要快，但与广州、深圳、上海相比，则要慢得多。南京除了房价较高外，其他物品的价格都不算高。在南京生活，如果不过于讲究和铺张的话，日常开销很有限。这样，你在经济上就不会感到太大的压力，你就不会由于生存的巨大压力而被迫舍弃自己所喜欢的生活。

我这样评价南京完全是站在我个人的立场上。如果是另外一个人站在别一立场上看，我所认为的南京的两大优点很可能就是南京致命的缺点。一味的宽容和接纳使南京这座城市显得缺乏自己鲜明的特点和应有的品位，大大咧咧和对一切无所谓的态度使南京缺乏特别的上进心，并导致南京会失去快速发展的机遇。而生活节奏的拖沓既是经济发展缓慢的原因，也是经济发展缓慢的结果。

但是，作为一名写作者，我还是认为宽容、厚道和相对安静、不浮躁是南京的优点，因为它适宜于我。

朱慧君是上海三联书店的编辑。她今天有事来南京。她对我说：南京的生活节奏太慢了。在上海，感觉打一个盹醒来后你就觉得自己跟不上趟了，可在南京，好像你睡上三天起来后，天还是那个天。她说的一点没错。当然，她是把这当作南京的缺点来说的。她还说：南京的朋友打电话给她常常一聊就是个把小时，而且聊的常常是个人情感上的问题，这在上海几乎是不可能的。上海人都忙着要去挣钱，根本没有心思考虑什么情感问题，你就是自己有时间有兴趣讲，别人还没有时间去听呢。她这也是说南京不好，而我则恰恰认为这也是南京的优点。这说明南京这座城市没有完全被物化和金钱化，还有人味。

事实上，人类社会总要向现代化迈进的，南京发展的速度和邻近的上海比可能是慢了点，但它毕竟也在不断地向前发展，上海的今天就是南京的明天。南京总有一天也会被金钱和物质弄得紧张不堪，弄得人除了晓得挣钱外，再也无暇甚至不知道关心自己。

但那是将来的事。我所感到欣慰的是，目前，我在南京还能过一种相对悠闲的日子。

细节的重要

当我们想念某一个人的时候，我们首先想起的总是和这个人有关的某个细节。也只有想起某个细节来的时候，这个人的面目才会更清晰起来，形象才会更生动起来。

想起过去的日子，想起遥远的往事，我们眼前所浮现的往往也是一些细节。

细节是最难忘的。

也许，我们终其一生，就是为了创造几个令自己感动同时也令他人感动的细节。

相待如初

10 多年前，我和一位朋友同时买了一套茶具。如今，我那套茶具早已破损的破损，残缺的残缺，可朋友的那套茶具，却依然完好无损，光亮如新。

问朋友为什么他的茶具在使用过程中能一直保存得这样完好，朋友说，其实很简单，那就是他每天在使用和擦拭茶具时，始终像刚买来时那样对待它。

很多东西，开始时，我们对待它总是很细心，很珍惜的。可时间一长，我们便失去了那份耐心，然后变得越来越不拿它当回事。我对待自己的那套茶具就是这样，开始时也是小心翼翼，可越到后来，就越不当心。不当心，东西自然就会发生破损，发生破损后就变得更加不当心。最后，终于把一套好端端的东西就这样毁在了自己手里。

生活中的许多东西都像茶具，像爱情，像婚姻，都是易碎品。它们都需要我们在一生中始终对它们小心呵护，相待如初。只有这样，才能保证它们始终新鲜光亮，完好无缺。

写作的目的

我不知道别的写作者写作的目的都是些什么，我写作的最高目的和最终目的只有一个，那就是，让自己生活得更正常和让自己成为一个更正常的人。

我对一些写作者最终把自己写成了一个怪人、非正常人、精神病患者、疯子、杀人犯很不以为然。我从心底希望这些人成为怪人、非正常人、精神病患者、疯子、杀人犯是因为其他方面的原因，而不是由写作所导致。写作是件很美好的事，写作这件事也理应使写作者的生活更美好。只有这样，写作这件事才值得提倡，值得赞美，它也才会对更多的人构成吸引。

我对一些要写出大作品，写作者必须要遭受大苦难、大创痛，必须要承受穷愁潦倒、寂寞孤独，必须要过一种非人生活的说法也深怀警惕。我总怀疑，说这样一些话的人是有意要把写作者往火坑里推，是居心不良，别有用心。

我是个普通的写作者。我写作除了我热爱写作外，更主要的，是因为我觉得写作能使我灵魂更洁净，精神更博大，心智更健全，心态更平和，它使我更热爱生活，热爱生命。

我不想成为大师，也不想不朽。我写作不负担这样的目的。但这并不代表我写作时就很马虎。相反，我在写作时非常尽力和认真。因为，只有写得好，我才能充分享受到写作的愉快。

不想成为大师，不想不朽，可能会被一些人视为没出息。我不想为自己申辩。但我想反问一句，成为大师，做到不朽，那是单靠你想就能想得来的么？世上有很多事都是有意栽花不如无心插柳，我可不愿意自己跟自己过不去。

怎样使别人讨厌自己

我到武汉来的主要目的是开会。开会是严肃的，但大家不能老这么严肃着，东道主便在晚上安排了娱乐项目。而所谓娱乐项目，也就是唱卡拉 OK 和跳舞。

有一位先生的嗓子应该说是不坏的，他唱完第一首歌的时候，大家给予了热烈的掌声。当他接下来又唱了一首的时候，大家再次给予了掌声。这位先生来了劲，握了话筒就再也不放下。是他点的歌他唱，不是他点的歌他也唱；男的歌他唱，女的歌他也唱；美声的歌他唱，通俗的歌他也唱；高音的歌他唱，低音的歌他也唱。好像天下只有他一个人会唱歌，好像天下的歌他都能唱。弄得大家都没了劲，一个个都直摇头。

当这位先生声嘶力竭地又喊完一首歌的时候，我端了一杯水献给他，并恭恭敬敬地叫了他一声“先生”。他的确是我的先生，他使我知道了怎样使别人讨厌自己。

在自然的状态下相识

我从不刻意和急着去接近某一个人，哪怕我内心非常想和这个人接近。

我总希望自己和我所想交往的人是在自然的状态下相识。也就是说，我们不是在谁刻意的安排下会面，而是在某一个时刻某一个场合不期而遇。

我总相信这一点，会成为自己朋友的人不管迟早，他总有一天会和自己坐到一起。如果他不能成为我的朋友，即使我们认识得再早也没有用。

最令人担忧的

在电视上看到这样一条新闻：一名高二的女学生因为期末考试成绩不好，父母说了几句，就擅自离家出走去了北京，说是不再读书了，她要自学成才。她出走之后，父母就像丢失了自己的命根子，怀着各种担心和焦虑，开始了满世界的寻找。女孩离家一个星期，父母就苦苦地没日没夜地寻找了一个星期。在寻找的过程中，父亲的双脚都走烂了，母亲脚上的鞋子走丢了自己也不知晓。出走到京城的女孩后来被民警发现了，民警好不容易才和女孩的父母联系上。匆匆赶到京城的父母见到女儿后，他们搂抱着女儿，激动得痛哭流涕，可这个女孩却若无其事。当记者问这个女孩对于父母为了寻找她吃了许多苦有什么想法时，这个女孩竟然毫不所动地说：我是他们的女儿，他们这样做是完全应该的。

女孩的话不能不让天下所有的父母为之寒心。这句话暴露了女孩以及他们这一代人较为普遍的缺陷，那就是对父母、对别人缺乏爱心。作为独生子女的一代，他们从出生那一天起，就承受了来自方方面面的爱，但他们却不大知道和不大懂得如何去爱别人。

缺乏爱心，这是我对下一代人最大的担忧。

现在提倡素质教育，我真诚地希望学校、家长乃至整个社会能把培养爱心作为对青少年进行素质教育的一个重要方面。

名人的朋友

和朋友一起去美术馆看一个展览，刚在展品前站定，这时，一白发长者在一群人的簇拥下从门口缓步走过来，朋友见了，眼睛一亮，立刻趋步向前，他对着长者连连鞠躬、施礼。片刻后，朋友满脸喜悦地回到我身边。他问我："刚才你为什么不过去和他握握手?"我问："他是谁?"朋友很是意外，说："他就是大名鼎鼎的画家某某啊!"整整一个上午，朋友差不多一直都在寻找、等待名人。我很佩服他，竟然认识这么多名人，他也是想让人们看看自己——名人的朋友。

我喜欢“干活”这个词

当别人在电话中询问我正在做什么时，我最乐意答和答得最干脆的就是：“干活”。

我喜欢“干活”这个词。

“干活”的意思就是劳动，但它比劳动更直接，更质朴，而且说起来和听起来，也比劳动更带劲，更有味儿。

说自己在“干活”，这里面其实隐含着多种骄傲。

说自己在“干活”，这表明自己没有百无聊赖，无所事事，而是有活可干，有事可做，而且这活、这事都是自己想做和乐意做的。说自己在“干活”，这说明自己没有虚度光阴，蹉跎岁月，而是在实实在在地做着事情，并且时时刻刻都有所收获。说自己在“干活”，这表明自己不是精神萎靡，病病歪歪，而是精力充沛，身体康健，全身充满无穷的创造力。

人到这个世界上，其实就是为“干活”而来的。想干活，有活干，能干活，这本身就是一种无上的幸福。

我希望自己每一天都在“干活”，都能出活。

我永远也不会放弃的

在我生命的过程中，我肯定要不断地放弃一些什么，因为，只有有所放弃，我才会有所获得。但有一样东西我是永远也不会放弃的，这就是思考和写作。

不放弃思考和写作是因为思考和写作对我无比重要。思考和写作不仅是我生活的重要内容，也是我生命存在的重要方式。放弃思考和写作就等于让我放弃生活和生命。

生活本身也许毫无意义，是思考让我感觉到生命存在是有意义的。生命存在也许毫无价值，是写作使我感受到了生命存在的确切价值。

思考和写作不仅是我生活和生命存在的理由，也是我生活和生命存在快乐的源泉。思考和写作不仅使我更看清了生活和生命，更理解和懂得了生活和生命，也让我更加热爱生活和生命。

思考和写作使我的生活和生命更加美好，我生活和生命的美好也更加促进、滋养、丰富、生动了我的思考和写作。

春节短信

一年中，收到短信最集中的时段是春节前后。

刚时兴短信拜年时，短信大致从除夕的下午开始陆续进入手机，并逐渐增多，至零点前后达到顶峰。后来，因为不少人觉得发春节祝福短信是件非做不可的事，迟做不如早做，发迟了被动不说，还可能被对方视为负担，就纷纷把发短信的时间提前了。这一提前，有提前十天半月的，也有提前三日五日的，但普遍的是从除夕的前两天起就开始争着抢着发短信，并且给自己找出许多提前发短信的理由，比如说“笨鸟先飞”啦，“怕三十晚上的祝福太多，你会不在意；怕初一的鞭炮太吵，你会听不见；怕初二的菜肴太香，你会顾不上”啦，等等。凡提前抢发短信的，大多是群发，同一个祝词，发完了事。收到短信的人也知道，因为凡群发的短信皆没有称呼，也没法有称呼。

不排除，有人把春节前后发短信和回短信当成是一件未必想做但又不得不做的事情，当成是一种负担。但是，不管收到的是群发的祝福短信，还是专门发给自己的祝福短信，我都很感动，很高兴。平常，你可能觉得这个世界上未必有多少人想着你，记着你，惦着你，但是，一到春节前后，那些平时不声不响的人，那些连你自己都快忘记的人，一下子全都满怀热情地出现在你的面前，甚至还有不少只有一面之交、一面之缘的人，也都送上了诚挚的祝福，这让人的心头无法不生出巨大的温暖、感动和感激。

我不管别人怎么想，也不管别人怎么对待，我是认认真真地一一发着短信，回着短信。我的短信不管是简短还是较长，不管是普通还是特别，都是我自己写的。我不用别人编好的现成的短信。我固执地认为，只有用自己亲手写成的短信才能最充分地表达自己内心真实的情意。

今年春节前后我发出的短信很多，有这样两条算是有点特色。一条是："生命中有许多美好的记忆，这些记忆中有您。恭祝您春节快乐，万事如意!"一条是："新春昭示着新的希望，新的前程，新的收获。衷心祝愿您新年快乐，蛇年大吉，所有的追求都能实现，所有的梦想都能成真！愿您沐浴着新春灿烂的阳光，去领略人生更美丽的风景！向前走啊，前面是春暖花开的季节……"

谨以这两条短信，送给所有关心、支持、帮助我的人们，送给所有对生活怀有热情、怀有希望、怀有憧憬的朋友。

向上的力量

这么多年来，我的生命中一直充盈着一种积极的健康的向上的力量。这种力量让我前行，让我思想飞升，精神飞升，灵魂飞升。我的内心向真，向善，向美。我知道世间有许多丑陋，许多肮脏，许多不公和不平。但我对这个世界并不失望，相反，我越来越深爱着人类，深爱着生活，深爱着这个世界。我的内心没有任何怨艾和怨毒的东西。我平和而宽容地看待着身边的人和事，看待着这个世界上的一切。我的内心怀有一种极大的善意和悲悯。我极尽所能并且不计回报做着自己所能做的、世界需要我做的和我应该做的事情。我尽可能地为这个世界多做好事，多做善事，努力向他人传递温暖，传导善意、友爱、真诚、关切。我善待着这个世界，善待着这个世界上所有跟我有过交往和接触的人。只要是我能做的，不管是谁提出的，只要是合理的正当的要求，我都不拒绝，我都会予以真心和全力的帮助。我的内心没有堕落、沉沦和向下的东西。我的内心一片明净、纯澈和透明。因为内心充盈着一种积极的乐观的向上的力量，我没有孤独和悲哀，没有委屈和沮丧，没有烦恼和郁结。我只是想飞升，我只是享受着思想飞升、精神飞升、灵魂飞升的快乐和愉悦。没有羁绊，没有患得患失，没有一惊一乍。我的世界平和安宁。

我知道，内心充盈着一种向上的力量，这是一种多么美好的状态和感觉。我的世界因此而美好，我的心灵因此而感到无比的幸福和满足。

第四辑

流行

流行总是扮出一副新潮和时尚的样子，洋洋得意地在大街上招摇过市。

流行是一种挑逗，一种诱惑。它以一种虚假的高贵让人怦然心动，让人不由自主地想投身流行。

流行需要应和，需要随从，需要大批缺乏主见缺乏思考的人跟在它的后面推波助澜。

流行害怕寂寞，因此，流行往往在尚未出场时便开始了声嘶力竭的叫喊。

流行能使平静的生活动荡起来，流行会给沉寂的世界带来生气。但流行也会使人头晕目眩，眼花缭乱。

流行是股人造的风。但这种风一旦刮起来，就连制造它的人也难以控制。

流行的寿命一般都很短。催其死亡而取而代之的，则又是新的流行。

名贵与普通

女孩是个漂亮女孩。那时，有两个男孩同时喜欢着她，而她也同时喜欢着那两个男孩。女孩知道自己该有所选择，可她却不知道自己该如何选择。女孩过生日时，两个男孩差不多同时给她送来了生日礼物，一个男孩送来的是一条普通珍珠项链，一个男孩送来的是一条名贵的钻石项链。女孩自然就收下了那条名贵的钻石项链，而把那条普通的钻石项链退还给了送她的那个男孩。

女孩就把那条名贵的钻石项链佩戴在了自己的胸前。

名贵的钻石项链所放射出的夺目光彩使女孩的面容和神情也散发出一种特别的光彩。

过了两年，女孩就要跟送她钻石项链的那个男孩结婚了，体检时，女孩忽然感到自己乳部不太舒服。医生检查后发现，女孩患了乳腺癌。在查找病因时，医生发现，女孩胸前所佩戴的那条钻石项链正是造成女孩患乳腺癌的原因。

女孩只知道钻石项链名贵，漂亮，却不知钻石是在几百万年的地质演变过程中长期受地壳低放射强度射线作用形成的，具有超过正常含量的放射性，且越是名贵的钻石，其放射性就越强，对人体的危害就越大。而女孩所佩戴的这一钻石使她所蒙受的辐射量竟比一名从事核工作人员一年所受的核放射量还要多。

名贵是诱人的。

有些名贵会让人付出意想不到的代价。

女孩最终不得不放弃了名贵。

因为她的病，本来已经要跟她结婚的那个男孩后来竟无情地走了。就在女孩陷入双重绝望的时候，出乎意料的是，那个当初送她普通珍珠项链的男孩又来到了她的身边，而且，他重新捧献给她的依然是当初曾被她拒绝过的那条普通珍珠项链。

当女孩接过那条普通的珍珠项链时，她的双手抑制不住地颤抖着，脸上泪不能禁。

惶惑

有位朋友总是在一种惶惑的状态下度日。每次打电话问她：你在干什么？她总是答：没干什么。再问她：你想干什么？她又总是答：我也不知道。

一个人不知道自己想干什么和该干什么，这是一件很可悲的事。没有生活的愿望和目标，生活就必然会变得空虚、无奈和无聊。要想改变这种消极和消沉的生存状态，首先必须消除内心的惶惑。一个人可做可为的事情其实是很多的，大事干不了还可以做些小事。事实上，一个人只要开始脚踏实地去做一些事情，生活的目标渐渐地也就会随之变得清晰和明确。

从现在起，告别惶惑，去做件有意义的小事。

失望

一位朋友陷入了消沉，消沉的原因是他对生活产生了失望。

一个人之所以会失望是因为他曾经热烈地希望过，而人是靠希望活着的，希望给人的生命带来了热情和动力。希望本身并没有错，即使希望不幸破灭、落空，但那种希望的过程仍是生动、丰富和美丽的。拥有了那样一个过程，生命就不是毫无价值，生命就不是一片黯淡。

失望从反面证明了我们曾经怀有过希望，证明了我们曾经拥有过怀有那样一种美好希望的过程。从某种意义上说，失望其实并不可怕，一个从来没有失望过的生命倒可能是真正可怕的。

失望，只不过是一个希望的结束。失望之后，我们的心灵仍可诞生出新的希望。

找乐

快乐不是上帝赐予的，而是自己找来的。

去菜场买菜，卖主为找不出几角零钱而犯难，我慷慨地说了句：那就甭找了吧，卖主顿即愁眉舒展，我不禁跟着一乐。

乘公共汽车，一时髦女子一上车就觊觎我屁股底下的位置，我故意提前两站站起身，时髦女子迅疾抢占了座位。看着时髦女子的得意劲儿，我不禁抿嘴一乐。

同事穿了一条新裙子，别人多有啧言，我却把裙子大大夸赞了一番，并说出了好几条令其信服的理由，同事喜笑颜开，我也深感快乐。

参加论著评奖，竞争对手紧张得不行，生怕金奖落入我手。可评奖前 10 分钟，我却突然宣布放弃评奖，对手大喜过望，我也快乐不已。

使自己快乐，其实这是一件很容易做到的事。只要你善良、宽容、大度，对人类、对世界怀有一颗真挚的爱心，快乐就会时刻伴随着你。

坚牢

一位女友结婚时，买了两套餐具，一套是玻璃餐具，一套是搪瓷餐具。

搪瓷餐具自然要比玻璃餐具坚牢。但是，前不久到她家里作客时，却见玻璃餐具依然完好如初，而搪瓷餐具早已瓷衣脱落，凹坑遍布，锈迹斑斑，面目全非。究其原因，是因为玻璃餐具易碎，故而，女友使用时总是小心翼翼，极为谨慎。而搪瓷餐具较为坚牢，女友使用时便重取重放，大大咧咧，甚至随手乱扔。

这个世界上没有什么绝对坚牢的东西。一种东西能否保持长久，固然取决于它自身的质地，更取决于人们对它的态度。如果人们对它倍加爱惜，虽脆薄却可以保持长久。如果人们对它毫不爱护，虽结实却也会过早破裂。

体恤

那天，我提着一捆书到附近的邮局去寄。走到半途时，天上忽然下起了小雨。我一时不知该如何是好。这时，路旁一位 30 多岁卖瓜的农民主动跑过来。他送给我两只很大的塑料袋，并且帮我用塑料袋把书包裹了起来。

我去邮局寄了书，顺便又从邮局旁边的商店里买了把伞。回来的路上，雨越下越大。路过瓜摊时，瓜摊前空无一人，只有一大堆西瓜无遮无掩地暴露在雨中。卖瓜的农民则披着一块塑料布站到了不远处的一颗梧桐树下。

我挑了个最大的西瓜抱过去，然后，请他称了，并付了钱。

自始至终，我们没有多说任何其他的话。但是，我们却分明都领受了对方的心意。从他的神情中，我可以看出，他是读过书的。不过，他未必能知道，当年下乡劳动时，我也曾经做过瓜农。

笼子

养了一只鸟。原先把鸟关在一只铁制的笼子里。鸟起先很活跃，不停地鸣叫着，且在笼中跳来跳去。可时间一长，鸟就没了精神，不动也不叫，只呆呆地蹲在那里，一副慵懒、倦怠、无聊而又无奈的样子。后来，我又给鸟换了一只笼子，这是只竹制的笼子，空间也比铁笼稍大。鸟似乎有了新鲜感，又活泼和生动起来。然而，没过几天，它又显出呆气和死气。

我知道，光是换笼子是不行的，鸟所需要的是广阔无垠的天空。

可这个世界上，渴望和需要广阔无垠的天空的又何止是鸟?

但是，得不到天空的自由，就是换换笼子也是好的，至少可以给生命带来短暂的新鲜感、兴奋感。

这，大概也就是生活中有些人频频跳槽的原因。

怀旧

怀旧，是岁月的风在心湖上吹起的缕缕涟漪。

倚在人生的门槛上，望时光匆匆，落叶缤纷，我们不知不觉地就会陷入怀旧。

引起怀旧的，都是一些触动我们心弦的东西，有时是一个动作，一句话语，一页风景，一帧照片，一件旧物，一枚书签；有时是一首歌曲，一段音乐，一声鸡鸣，一声犬吠，一点声响，一缕气息；有时甚至会是阶上的青苔，墙角的斑痕……

每个人怀旧的方式是不一样的，有人在烟雾缭绕中怀旧，有人在浅斟慢饮中怀旧，有人在低头沉思中怀旧，有人在仰天长望中怀旧。

每个人怀旧的内容也不同。有人抚摸弹痕怀念自己的戎马生涯，有人唱着《小芳》怀念自己的知青岁月，有人捧着发黄的情书怀念自己纯真圣洁的初恋，有人读着朋友昔日的赠言怀念自己生命中曾经拥有过的那一段生死与共的友情……

我们需要怀旧。在怀旧的过程中，我们捡拾起了飘落在风雨中的生命的花瓣。

伞

有两个人一起去郊游，一个带了伞，一个没有带伞。带伞的为没有带伞的担忧：万一碰到下雨怎么办？没有带伞的那一位说：没有关系，我身体强壮，经受得住。

途中，天果降大雨。带伞的急忙撑起雨伞，遮挡暴雨。但风雨太大，伞刚撑起，伞骨就折了。伞沿耷拉下来。他缩着头，弓着腰，显得狼狈不堪。而没带伞的那一位却昂首挺胸，任凭雨水浇淋，显得若无其事。

回到家后，没带伞的那一位一切正常，带伞的这一位却病了。

伞，作为人生的一种辅助性的依托未尝不可，但是，如果一切完全仰仗和依赖伞的庇荫和保护，则必然会大吃苦头。因为，伞看上去钢筋铁骨，实质上，它很脆弱。这个世界上没有任何一把伞能真正抵挡得住狂风骤雨，能给人以坚实、可靠和永久的保护。

而一个人，要想不被生活中突如其来的各种狂风骤雨所击垮，唯一办法只有努力强健自己，从而使自己能够具有足以战胜任何风雨的坚强的精神和强壮的体魄。

附加信任

街头，有两个毗邻的报亭，一个有人售报，一个无人售报。

有人售报的报亭顾客很少，且常出差错，而无人售报的报亭却顾客不断，且从不出差错。有许多人每天特意舍近求远跑到无人售报亭来买报。

有人不解个中奥秘。其实，这当中的道理很简单，那就是，无人售报亭的每份报纸均比别的报亭的报纸附加了一份售报者对每一位顾客的信任。

售报者附加的这种信任使得这里的每份报纸都显得厚重而有分量，从而对渴望得到信任的人们构成了一种特殊和有力的吸引。

表演爱情

在流行虚假和做作的年代，一切都染上了表演的色彩，就连最神圣的爱情也未能幸免。表演爱情的场所和道具到处都有，情侣屋、情侣园、情侣饭庄、情侣专卖店……只要你舍得掏钱，你立刻就可以上演爱情。

爱情似乎是越来越浪漫和时髦了，但爱情却也越来越花哨而缺乏内涵。爱情不再是每个人独特的内心情感体验，而是越来越成为一种大众的形式，一种彼此雷同的道具。

任何情感一旦掺入表演的成分，这种情感就必然会变质、变味。

其实，真正的爱情不会在大庭广众下露面。因为，真正的爱情拒绝表演。

脆弱的幸福

小娅是个幸福的人。小娅生活得幸福是因为小娅拥有一桩幸福的婚姻。小娅的先生是一位成功人士，他不但有着体面的工作和体面的收入，而且对小娅也很好。小娅每次对别人说起自己的先生时，脸上总是一副很满足很骄傲的样子。

可是，前不久，小娅却和她的先生离了。离婚的原因是小娅的先生为了一件小事竟向小娅瞪了眼睛。小娅说："你不知道，他的眼睛瞪得有多大！我怎么也没有想到，他竟然会这样向我瞪眼睛。他这一瞪眼让我感觉到，他过去对我好其实全是假的。"小娅的表情显得痛苦不堪。

我不想评价小娅仅仅因为先生对他瞪了一下眼就使婚姻解体是对还是不对，但这件事却使我认识到，幸福是这个世界上最为脆弱的东西，它脆弱的程度有时竟经不起谁冲它瞪一下眼睛。

近视和远视

一个近视的人和一个远视的人一起去郊外打猎。近视的人看到近处有一只野兔，当即，他便把全部的目力都集中到这只野兔身上。远视的人也看到了这只野兔，但是，他的目光却不屑地一掠而过，因为，他看到更远的地方还有野鸡、野羊，甚至还有野猪等更大的猎物。两人便分了手。

到了傍晚时，两人又重新汇合到一起。只见近视的人枪头上挑着几只肥硕的野兔，而远视的人枪头上却仍旧一无所有。因为远视的人一心想捕杀更大的猎物，结果，时间都在不停地奔波中白白耗掉了。

一个人眼力好，能看到更远处更大和更有价值的东西是件好事，但是，一个人眼力差，只能看到鼻子底下的一点小东西也未必就是一件坏事。眼力好的人可能会因为看到的机会太多结果在反复比较中反而失去了众多的机会，而眼力差的人虽然只看到了眼前的一次机会，但他却可能因为目标专一从而实实在在地抓住了这一次机会。

孩子的收藏

小亚只有3岁，但在我看来，他已算得上是小小收藏家了。

小亚的藏品全在一只大抽屉里，有鸡毛、旧毛线、火柴盒、废电池、石子、树皮、冰棍棒、空药瓶，五花八门。

小亚不太喜欢玩玩具，但他却非常喜欢把玩自己的藏品。他长时间地把自己关在小房间里，或者拿这些藏品当游戏的道具，或者把它们当成是有生命的东西，让它们为自己演绎一段段童话故事。在自己的藏品世界里，小亚久久沉浸其中，陶醉不已。

小亚很珍爱自己的藏品，他那抽屉轻易不让人动。有一次，妈妈收拾房间，无意中将他未及放进抽屉的几张旧年历片当垃圾扔了，结果，小亚伤心得把嗓子都哭哑了。

由此，我想到，孩子的收藏才是真正的收藏。孩子收藏的唯一理由就是钟爱和喜欢，不考虑藏品是否具有收藏价值。这种单纯和纯粹的收藏实在是那些成人收藏家所无法相比的。

生活不是赌气

那天，碰到一位朋友，这位朋友在一家研究所工作，曾出过许多科研成果。我问他：你最近又在研究什么？他说：什么也不研究，混日子。原来，他在研究所虽然出的成果最多，但这次评高级职称他却没有上去，一气之下，他就什么都不干了。

前不久，又碰到一位文友。这位文友前两年创作很勤奋，作品在各大报刊上不断出现。但最近，他的作品却少了。我问他：你是不是潜心在写长篇？他说：写什么长篇？我早就罢笔了！辛辛苦苦写一年，挣的稿费还不抵人家一笔生意所赚的零头，还有什么劲写？

两位朋友都处于盛年，正是出成果、出作品的黄金年华，仅仅因为心里有不平，一时赌气，便抛却了自己的专长和事业，这未免让人感到惋惜。生活不是赌气。从本质上说，人也不是为了赌气才活着的。如果因为赌气而荒废了事业和人生，最终吃亏的只能是自己。

当烦恼向你袭来

快乐的人，他的快乐并不一定比别人多，而是他善于留住快乐；幸福的人，他的幸福并不一定比别人长，而是他善于咀嚼和品味幸福。

这个世界远未达到完美无缺的程度。生活在这个世界上，一个人不可能没有烦恼。可是谁都不应该任凭烦恼长久地主宰自己，否则生命岂不被烦恼所销蚀！生活虽不是绝顶的美妙，但生活也远未坏到一塌糊涂的地步，生活中毕竟也有美好，有阳光，有花朵。

所以，特别烦恼的时候，你不妨提醒自己平静下来，面对草地或是面对星空，让自己沉浸在晚风的轻拂里，沉浸在音乐的旋律里，沉浸在一些美好的回忆里。你还可以设想，当眼前的烦恼因自己的努力化解以后，那又将是怎样一种愉快的心情……

快乐的人，幸福的人，他们都是经常这样做的。他们学会了调节自己的情绪，知道人生应该尽量让忧愁和烦恼消失，让心灵之湖重新漾起愉悦和欢乐。

快乐的理由

我有一个文友，每次见到他，他总是一副乐呵呵的模样。一次，我禁不住羡慕道：你真快乐啊！他说：当然。他说：我快乐有理由呀！你想想，世界这么大，人这么多，有人处于战争之中，我过的是和平生活；有人残疾多病，我健康健全；有人无房特困，我住的是三室一厅；有人婚姻不幸，而我家庭和谐；有人面临失业的威胁，而我有着一个稳定的职业；有人活着没有人关注，而我则每天都能收到许多读者热情洋溢的来信和电子邮件……我有这么多快乐的理由，我为什么不快乐？

应该说，生活中的每个人都有许多可以令自己快乐的理由，有时候，我们快乐的理由甚至会比他人更多，但我们并不快乐。究其原因，是由于我们没有发现或者说根本就没有把这些当成是自己快乐的理由。

但快乐的理由在每个人身上都确确实实地存在着，而且每个人都可以十分容易地找到。你到底愿不愿意让自己快乐，完全取决于你自己，而与他人、与这个世界无关。

生命的关注

我是个内心和外表都很柔弱的人。我没有什么力量能够帮助和拯救别人。我所能给予人的最大关怀就是关注。

璇是我的一个读者。她出身贫寒，心路历程曲折，她写给我的第一封信以密密麻麻的小字细腻生动的文笔抒写出了她平常无法对人言说的孤独和忧伤。她那时才 17 岁，从山沟沟里的一个苗族农家刚刚考进卫校。我很容易被打动，尤其是与我的经历相类似的那种少年的孤苦、无助和忧伤。我给她回了一封信，一封很长很长的信。我说，我很理解你的忧伤，但我相信你一定能够走出忧伤。相信你不会让我失望，因为我在关注你。我还特地把这封信又抄写了一遍，由中央人民广播电台在其当时设立的“少年时代”栏目播出。

当我再读到她的第二封信时，璇的文字中已充溢着许多欢乐和欣喜。她说，只要一想到这个世界上有一双热情的眼睛在充满希望地注视着她，她的心里就充满了温暖和动力。

璇常常给我写信，我也不断地给璇回信。后来，璇也喜欢上了文学。在她一次次投稿失败时，我不断地给她鼓励。璇成功了，璇在报刊上发表了许多作品。璇卫校毕业后，曾被分配到湘西的一个县城医院当护士，但现在，璇却凭借自己文学创作的实力坐在京城的一家杂志社里当编辑。

那天，璇从北京打来电话，说她对我很感激，感激我多年来所给予她的鼓励和帮助。

其实，我并没有给她什么具体的帮助，我只是在热情地关注着她。

关注，给了一个生命意想不到的信心、希望和动力。

等待花开

无花的日子是灰暗而寂寞的。

这时候，会有些焦灼，会有些急躁。尤其是看到周围的花树竞相绽蕾，其香馥郁，其形艳丽，心中的那份焦急感就会更盛。

其实，每棵花树在生命中都会有相对沉寂和枯燥的无花的日子，每棵花树都必须在沉寂和枯燥中等待花开。焦急并不能使花期提前，浮躁或消沉更对生命无补。最好的方法只有沉下心来静静地等待。

在等待中积蓄，在等待中迎接。

花开的日子终归是会到来的。而真正花开的日子其实也并不长久。

既然无花的日子注定是漫长的，那么，生命质量的高低和生命幸福与否就不完全取决于短暂开花时的感觉，而是看生命在漫长的无花的时光里究竟以怎样的心情和姿态等待花开。

仰脸看云

孩提时，我们心无尘埃，胸无杂念。那时，我们常常躺在草地上，仰脸看云。风在耳边轻轻吹，太阳在头顶暖暖地照。蓝天高远，世界宁静，碧草芬芳，白云飘逸。那是一种语言所难以表述的诗一般的氛围和意境。那时，我们没有烦恼，没有焦躁，有的，只是欢喜和沉醉。

长大后，我们成熟起来，同时却也世俗起来。我们渐渐远离和丢失了童年仰脸看云的情趣和诗意。我们的所有举动所有行为都染上了过分浓厚的功利色彩。我们四处奔波，我们终日劳碌，苦苦追逐。我们的生命自觉和不自觉陷入各种名和利的漩涡之中。

我们也许获得了一些实惠，但是，我们活得并不好，并不幸福。

缺乏诗意的人生注定是乏味和鄙俗的。

我们应该给自己留下一片诗意的空间。当我们被功利压迫得透不过气来时，不妨心沉意静，躺下身来，在超拔的境界中仰脸看云。

丰富心灵

世界之所以在我们眼中显得美丽，首先是因为我们面对世界时，我们的心灵投射和发散出了美丽的光辉。

别小看一颗小小的心灵，它蕴藏着巨大的情感的能量，这种能量足可以黯淡一切，也可以辉煌一切。如果这颗心灵是贫乏的，生活就会在眼前显出无聊、枯燥和灰色。如果这颗心灵是丰富的，生活就会在眼中显现出奇异、热烈和光彩。

生命的价值、生命的意义、生命的希望来自人的内心。只有被憧憬的地方才是最美丽的地方，只有被凝视的风景才是最动人的风景，只有被情感浸润过的音乐才是最优美的音乐。如果一个人的内心陷入了贫乏，他就会感受不到生活和世界的美，他就会感到生活缺乏意义和希望，他就必然会陷入慵懒、沮丧、忧郁、悲哀甚至绝望。

丰富心灵。只有当我们的心灵热情洋溢时，世界才会呈现出应有的生动和辉煌。

自我安慰

办事时，遇到了冷脸，心中很是不快。出门后，想，这人十有八九是上下级关系不好，最近正跟领导顶牛。于是，心里默默地就原谅他了。

购物时，稀里糊涂多付了款，及至醒悟，事情已过去了许多天，心中不免有些懊恼。又一想，那物品质量挺棒，自己多出几个钱其实也并不冤枉。于是，心里渐渐也便平衡了。

挤车时，自己的脚被人踩了，自己没发火，对方反倒冲自己吼起来，心里感到特别窝囊。正欲与之对吵，又一看他满脸焦躁，猜想他肯定是遇到了什么麻烦事，情绪正恶劣着。于是，心中的气不知不觉地也就消了。

生活中，总会遇到一些不顺心、不如意的事。心里感到不好受时，不妨自己安慰自己。自我安慰有时似乎有点自欺的味道。但是，既然与己身心有益，且又不伤害别人，即便自欺一回又有什么关系？

自我安慰，不失为对付烦恼人生、稳定自身情绪的一个良方。

倾听别人

好多年前，那天，我特地请了假躲在家中写作。正写得投入时，忽然有人敲门。我开了门，门前立着的是住在楼下的老黄。老黄的神情明显有些不对，他对我勉强一笑，说："想借你的电话打一下。"我忙让开身，请他进屋。但老黄连拨了几个电话，都没有人接。他深深地叹了口气。我觉得老黄似乎有满腹的话要说，就对他说："老黄，你先坐一会儿吧，等会儿再打。"老黄就在沙发上坐下了。这一坐下，老黄的话匣子就打开了。也不知怎么的，他就说到了单位，说到了他在单位最近遇到的一连串不顺心的事，由此，又勾起了他对人生诸多心酸往事的回忆。在长达一个多小时的时间里，他一直滔滔不绝地诉说着，而我，则一直静静地坐在他的对面，认真地倾听着。心里的憋闷说完了，老黄的情绪也由激动和愤懑渐渐恢复了正常和平静。看到我桌上铺开的稿纸和笔，他突然醒悟过来。他满怀歉意，一迭声地对我说："哎呀，真对不起，打扰你写作了。"说罢，连忙起身告退。

那天，我的文章确实没能如期写成，但我并不为此感到后悔。相反，牺牲了一篇文章，能够倾听别人的诉说，能在情感和心理上给别人以安慰，我觉得很值。人在苦恼和郁闷，渴望宣泄的时候，需要有人来倾听自己。倾听别人，是对别人的理解、尊重、同情和安慰，同时，也是为自己的生命得到别人的呵护创造可能。因为，有时，我们也同样需要得到别人的倾听。

引进阳光

孩子住在一间没有窗子的小小的土屋里。那土屋低矮、阴暗、潮湿，终年得不到一丝阳光。

孩子感到沉闷和压抑。

孩子不愿在这样的环境里生活。孩子希望土屋里能够透入阳光。他找来一面大镜子。他用这面大镜子把一大片春天的阳光反射到了土屋内。于是，一向昏暗、窒闷的土屋顿时有了生气。

这是许多年前我在乡下生活时所看到的一个情景。这一情景因其本身蕴藏丰富和深刻的内涵而让我难以忘记。生命离不开阳光，但生命并非每时每刻都能得到阳光。当我们的生命由于某种原因而远离阳光的照耀时，我们应该积极地为生命引进阳光。

没有阳光的日子，生命会感到沉郁和悲观。而一旦引进了阳光，生命就会豁然开朗，就会重新拥有光明和希望。

重用自己

很多时候，我们都在期盼和等待别人的重用，却忘了我们自己重用自己。

生活中，由于这样和那样的原因，不可能每个人都受到他人的赏识和重用，但是，我们每个人却可以无条件地赏识和重用自己。

当自己被他人漠视和闲置的时候，不要让气愤和不平空耗自己的精力，更不要让颓唐和消极毁蚀自己的人生。我们应该最大限度地把自己重用起来。

发挥出自己的特长，挖掘出自己的潜力，干自己应该干、所能干和最能干出成绩的事，让自己在追求和创造中紧张起来、忙碌起来、兴奋起来、充实起来。

只要自己重用自己，我们的人生就不会虚度。

只要自己重用自己，我们的生命就不会陷入灰暗，就一定会放射出绚丽的光彩。

生命魔方

生命不怕运动和变化，越是在不断的运动和变化过程中，生命越会显现得生动、丰富和美丽。

生命最怕停滞和定型。一旦生命存在的方式和生命的情状处于一成不变和固定的状态，生命就会变得呆板、死气和萎靡。

其实，生命是一种特殊的魔方，它比普通的魔方具有更多的变化的可能。它可以呈现出更多美丽的图案和斑斓的色彩。

生命魔方就操纵在每个生命拥有者的手中。只要每个人不放弃努力，不放弃追求，不放弃创造，生命就会永远新鲜，生命就会不断给自己带来欢乐和惊喜。

专心致志

在流行朝秦暮楚、过把瘾就死的当今，再说“专一”怕是很少有人能听得进去了。

但是，听不进去的东西未必就不对或者说就没有道理。

瞧见生活中有这样一些人，本来一件事情干得好好的，凭他的能力，凭他的聪明和才智也极有可能在这件事情上干出成绩，可他经不起生活中种种斑斓的诱惑，于是，轻易地抛弃了自己正在干着的事情，操起了其他热门和风光的行当。但是，由于缺乏基础，由于缺乏经验，由于自己的特长并不在那些方面，结果，虽百番努力，却终无所成。

说到底，这个世界上很少有真正的通才和全才。对于大多数人来说，都只是在某一个领域或某一个方面具有特长。在这种情况下，我们就应该正确地认识和评估自己。如果我们一旦选准了目标，找准了自己的位置，就应专一地持之以恒地努力下去，敢于和甘于一条道走到底。如果总是高估自己，以为自己无所不能，什么事情都想干，只图过把瘾，到头来，往往会后悔莫及。

大器晚成

相对于少年成名，其实大器晚成更值得人羡慕。少年成名固然可以使自己过早地获得地位和荣光，但人生却也可能因为刚刚开始便抵达巅峰状态而使今后的日子显得沉寂和黯淡。而大器晚成则不然。大器晚成的人就像一枚果子，是由小变大、由青变红、由涩变甜，渐入佳境的。

因而，他人生的过程始终是一种充满希望和向上的过程。和少年成名相比，一方面，大器晚成的人同样赢得了自己生命的辉煌，另一方面，他又避免了许多少年成名者很容易有的失落和痛苦。

拒绝抄袭

新买了一套房子，要装修。这时，有人向我推荐，说某某家的装修搞得不错，很有味道，你就学他家的样子搞吧。我却摇了摇头。

不是嫌人家的装修不好，而是我不愿跟在别人后面随便抄袭。

一个人有一个人的性情，一个人有一个人的审美习惯和审美追求。适宜于别人的东西却未必就适合自己。生活中，我拒绝抄袭的东西很多。我拒绝抄袭别人的时髦和风度，我拒绝抄袭别人的生活方式，我甚至拒绝抄袭和使用流行的话语。

拒绝抄袭，这使我得以保持我的品位和个性，这使我在风行相互模仿的年代里仍能活出一个鲜明而独特的自己。

心历时尚

一个女人坐在拥挤不堪的公共汽车上专心致志地看着一本杂志。这个女人长相很平庸，脸上满是褐斑，头发枯乱，手很粗糙，但她捧在手里的却是一本非常精美非常新潮的时尚杂志。这本彩色的印刷精良的时尚杂志和这个女人身上所穿的劣质的化纤衣服形成了鲜明的对比，也和她所身处的这一拥挤不堪的环境形成了对比。这个女人却似乎并没有意识到她手上拿着的这本杂志和她本人以及她现在所处的环境有什么不协调，她看得非常认真，非常投入。从她阅读时的神情看，她非常着迷和沉醉，周围的一切都不存在，都遁去了。她仿佛穿着最时新、最漂亮的一款法国名师制作的套装，胸前佩戴着最名贵的钻石项链，身上洒着最名贵的法国香水，正穿过通向舞厅的长廊，或是穿着一身运动短装，正在和自己的朋友或者情人打网球。

这个女人在实际生活中肯定是远离时尚的，她甚至根本就无法进入时尚生活。但她并不甘心做时尚的弃儿，她用阅读时尚杂志的方式，让自己的心体验和经历了时尚。

我是看着这个女人下车的。下车之前，她合上杂志，小心翼翼地把它放进包里。当她下车后，要走进属于她的一个小厂时，她的神情很坦然，她的平庸的长相甚至因为刚刚心历了时尚而显出某种生动。

制造情调

导演领着一帮人在拍音乐电视。

音乐电视的名字叫《下雨的时候》，他们需要拍雨天的情景。可天却异常晴朗着。这时，导演叫人拿来一把喷壶。于是，歌手靠在窗前唱歌，道具师则站在高处，用喷壶慢慢地向下洒水。那水顺着窗玻璃散散漫漫地往下流着，就跟雨水打在窗玻璃上一模一样。从窗内向外看，景色朦朦胧胧的，完全是一种雨天的感觉。他们通过人工制造出了他们想要拍摄的雨天的情调和效果。

情调是可以制造的。而且制造情调并不繁难，有时简单到只需要一把普通的喷壶。

其实，对于真正有灵性的人来说，一块秦砖，一片汉瓦，一件木雕，一帧照片，一幅油画，一束鲜花，甚至是一条围巾，一件风衣，一顶草帽，一盏油灯，都可以制造出一种特殊的情调。

善于制造情调，我们就不会怨天尤人，我们就能自如地操纵生活，享受生活。

积攒温馨

有一对夫妇，他们的生活很平常，经济上也不算富裕，但他们之间的感情却十分深厚。

从他们相爱的那一天起，他们就开始有意识地共同创造一些温馨。比如，他们一起趴在和暖的阳光下听春草萌动，他们一起躺在夏日的浓荫下听蝉声悠长，他们一起在秋天的山径上看枫叶火红，他们一起偎依在冬日的窗口看白雪飘飘。还有，在周末的时候，他们双双一起去菜场，回来后，每人制作两样对方最喜爱吃的菜肴；在停电的时候，他们共守着一支红烛，默默而又深情地彼此注视……

他们一点一点地在记忆中积攒着这些温馨。如今，这些日积月累攒下来的温馨已经成为他们夫妇心灵中一笔巨大的情感财富。每当他们回忆这些温馨的时候，他们就深深地感到，他们的婚姻是如此的美满和幸福。

积攒温馨，这是人生走向美好的最佳途径。在岁月的银行里，温馨每天都在超乎寻常地增值。

发现意义

一位老人，本来身板挺结实。一次意外的车祸轧断了他的双腿，使他成了残疾人。

老人很痛苦，也很悲观。

老人不识字，也没有什么别的爱好。老人过去唯一的喜好就是扎风筝。

为了不使漫长的日子过分难熬，他便让家人备了些材料，然后，他就在家里默默地一只只地扎着风筝。风筝扎了很多，全堆在房间的一角。

春天到来的时候，老人忽然发现堆放在墙角的风筝渐渐地少了，一问，原来全被上小学的小孙子偷偷送给了同学。

星期天，小孙子和班上的同学将坐在轮椅上的老人推到了草坪上。老人看到了满天的风筝，那满天的形状各异的风筝全是他扎出来的。

在孩子的欢笑声中，老人感到了一种从未有过的兴奋和激动。

在这一刹那，老人发现了自己生活的意义。

创造传奇

常常被现实生活中一些真实的故事所激动，比如，一个乞儿如今成为一家大公司的总裁，一个打工仔如今成为文坛走红的作家，一个普通的农民因为执笔写了一部《农业法》而被请进中南海……很多时候，我们都感到自己和周围的生活是庸常、平淡和琐碎的，我们甚至因此而常常怀疑这个时代就是平淡的时代。但是，这些故事真真切切明明白白地告诉我们，这个时代并不缺乏精彩的传奇。

应该说，传奇并不是谁赐予的，而是自己创造的。只要自己不被庸常的生活磨掉意志的棱角，只要自己能够有意识地去摆脱平淡和琐碎，挖掘出自己的生命潜力，释放出自己的生命热能，努力去追求出色，追求成功和辉煌，每个人都可以创造出属于自己的传奇。

创造传奇是需要付出相当的代价的。

但是，创造传奇却能充分显示出自己生命的意义和价值。

后记

编辑这本书，是在农历壬辰年的年底。而完全编好的时候，正巧是壬辰年的除夕。

做事最好顺其自然。编辑这本书也是顺其自然的结果。平常一直忙忙碌碌，马不停蹄地到处行走，到了岁末，突然间有了空暇，有了兴趣，有了热情，就趁势把这件事情给做了。

做了也就做了。

做了说明该做。

这本书的名字叫《心平气和》。就像这本书的书名一样，我在编辑这本书的时候，也是心平气和。

心平气和。心平气和好啊。心平气和，看待世界就会更冷静，更客观，也就会更豁达，更通透。

心平气和，就会不气不恼，不急不躁，有益身心，有益健康。

衷心感谢朱赢椿先生，他用独有的智慧和才情赋予了这本书最好的装帧。

衷心感谢丁亚芳博士，她以一以贯之的热情和认真为这本书的出版提供了极大的便利。

衷心感谢亲爱的读者。你们一直愿意读我的书，愿意分享我对人生的一些感受和思考，这让我的心里禁不住涌起无限的幸福和满足。

祝福大家。

祝福生活。

祝福世界。

愿所有人都活得更好。

戴 珩

2013 年 2 月 9 日

图书在版编目（CIP）数据

心平气和 / 戴珩著. -- 南京 : 南京师范大学出版社, 2013.8
ISBN 978-7-5651-1436-6

Ⅰ. ①心… Ⅱ. ①戴… Ⅲ. ①散文集－中国－当代
Ⅳ. ①I267

中国版本图书馆CIP数据核字(2013)第138558号

书　　名	心平气和
作　　者	戴　珩
责任编辑	张　莉
出版发行	南京师范大学出版社
地　　址	江苏省南京市宁海路122号(邮编:210097)
电　　话	(025)83598919(总编办)　83598412(营销部) 83598297(邮购部)
网　　址	http://www.njnup.com
电子信箱	nspzbb@163.com
照　　排	南京理工大学印刷照排中心
印　　刷	兴化印刷有限责任公司
开　　本	850毫米×1168毫米　1/32
印　　张	8.125
字　　数	188千
版　　次	2013年8月第1版　　2013年8月第1次印刷
书　　号	ISBN 978-7-5651-1436-6
定　　价	28.00元

出 版 人　彭志斌

南京师大版图书若有印装问题请与销售商调换
版权所有　侵犯必究